KB068520

일단
부딪치면
된다니까!

글 · 사진

정지원

일단
부딪치면
된다니까!

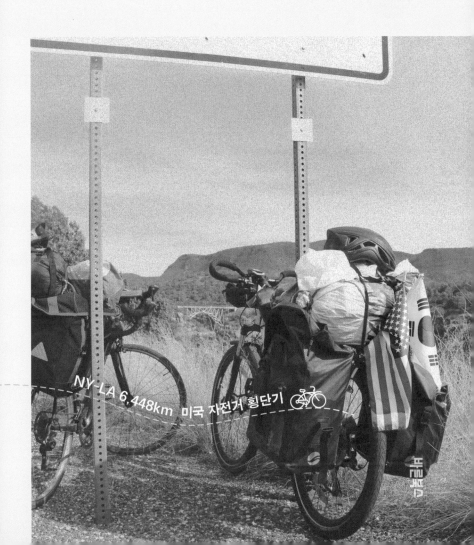

NY-LA 6,448km 미국 자전거 횡단기

목차

Part III.   Atlanta에서 Houston까지

Part IV. Houston에서 Grand Canyon까지

Part V. Grand Canyon에서 태평양 바다까지

여행하는 동안 매일 자기 전에 썼던 일기가 책으로 나오기까지 꼬박 5년이 걸렸다. 그렇다고 5년 동안 줄곧 글만 쓴 건 아니다. 대학 졸업, 취업, 그리고 직장생활 등 이런저런 평계를 스스로 대다 보니 결국 여기까지 왔는데, 더 이상 늦어지면 평생 마음속의 짐으로 남아서 후회만 할 것 같았다. 그래서 이번엔 반드시 뿌리를 뽑자는 생각으로 마음을 다잡았고 운이 좋게도 출판까지 할 수 있게 되었다. 반대로 생각하면 여행이 끝난 지 5년이 지났는데도 이 글에 미련을 못 버리고 있다는 것은, 그만큼 이 여행에 대한 애정과 그리움이 크다는 것 아닐까.

미국을 자전거로 건너고 싶다는 생각을 처음 한 건 2015년쯤이었다. 사실 나는 대학교 1학년 때 축구를 하다가 십자인대 파열을 당해 군 면제를 받았는데, 군대에 못 가는 대신 어떠한 활동을 통해 '나는 건강하다'라는 것을 증명해 보이고 싶었고 나 스스로도 확신을 갖고 싶었다. 그리고 그 많은 활동들 중 하필 '미국 자전거 횡단'인 이유에는 크게 세 가지가 있다. 우선 미국이라는 나라는 동부와 서부의 시차가 4시간이나 날만큼 영토가 넓은 나라이고, 그만큼 큰 나라를 두 다리로 횡단한다는 것 자체로 큰 성취감과 자신감을 얻을 수 있을 것 같았다. 그리고 3개월 동안 생활해야 했기 때문에 언어나 음식문화가 다른 국가들에 비해 조금이나마 익숙하다는 점이 적합했고, 무엇보다도 미국 자전거 여행을 다녀온 사람들을 SNS를 통해 쉽게 찾을 수 있기 때문에 여행을 준비하면서 정보를 얻을 수 있는 루트가 많았다. (나중에 알고 보니 학과 선배 중에도 미국 자전거 횡단 여행을 다녀온 분이 계셨고, 덕분에 여행을 준비하는 과정에서 많은 조언과 도움을 받을 수 있었다. 감사합니다. 병권 형님)

그렇게 미국 자전거 횡단 여행을 마음속에 담는 것까지는 성공했지만, 뭐부터 준비해야 할지 막막했다. 그러던 어느 날 어떤 술자리에서 "휴학한 후 미국 자전거 횡단 여행을 가고 싶다"는 말을 가볍게 했는데, 자리에 있던 동석이 형(두 학번 위의 대학 학과 선배)이 마침 나도 생각이 있었다고 반가워하며 여행 얘기를 시작하게 되었고, 그 자리에서 글라스 소주 한 잔에 여행을 약속하는 도원결의를 맺게 되었다. 그렇지 않아도 마침 혼자 가야 하나, 인터넷 카페 같은 곳에서 동행을 구해야 하나 생각하던 참이었는데, 원래 알고 지내던 친한 사람과 같이 갈 수 있다면 더는 바랄 게 없던 상황이었다. 아무리 정보가 많더라도 정해진 숙소도 없이 매일을 떠돌아야 하고 어떤 위험이 있을지 모르는 여행인데, (해병대 출신인) 든든한 선배와 같이 간다는 생각에 천군만마를 얻은 기분이었다. 이제 동행도 구했겠다 일정, 루트, 준비물 등 여행 준비에 속도가 붙기 시작했고, 이 여행 하나만을 위해 휴학한 후 아르바이트를 일주일에 7일, 3곳에서 동시에 하며 돈을 모은 후 미국행 비행기에 올랐다.

사실 이 책은 여행 기간 동안 썼던 일기가 기반이기 때문에, 여행 정보를 얻고자 책을 읽으시는 분께는 다소 불친절한 책이 될 수도 있다. 또한 본인이 출판 경험이 있거나 글을 전문적으로 쓰던 사람도 아니기 때문에, 여느 다른 여행 작가들에 비하면 글 쓰는 실력도 형편없고 사진도 매력적이지 않

을 수 있다. 하지만 정지원이라는 사람이 미국을 자전거로 건
너면서 사서 고생하는 80일 동안 느끼는 솔직한 감정의 변화
에 공감하고, 목표를 향해 한 걸음 한 걸음 나아가던 2017년
가을의 순간들을 함께한다는 것에 초점을 맞춰서 읽어주신
다면 좋을 것 같다.

Part I

부산에서
New York까지

Busan, Korea — Hong Kong

시작은 반 이상이다

중간 경유지인 홍콩으로 향하는 비행기가 활주로에서 바퀴를 뗐다. 몇 년 전부터 막연히 상상만 해왔던, 버킷리스트 중 하나였던 미국 자전거 횡단 여행을 드디어 시작하는 순간이었다. 아직 자전거를 타기 시작한 건 아니지만, 이 여행을 위해 나는 휴학생이 되었고, 일주일에 7일을 일하며 돈을 모아 자전거와 필요한 장비들을 샀다. 그리고 스폰서를 구하기 위해 '우리 좀 봐주세요' 하는 하소연에 가까운 메일을 20~30곳 정도의 회사들에 돌리는 과정을 거쳐서 (정말 감사하게도 2곳에서 우리를 도와주고 싶다는 연락을 주셨다) 이 비행기에 오른 것만 해도 반 이상 한 것 아닐까. 미국에 도착해서는 형 말 잘 들으면서 묵묵히 앞만 보고 페달만 열심히 밟자. 간단하다. 절대, 절대, 절대 다치지 말고 안전하게 완주해서 귀국하자!

··· 여행을 기념해서 지인에게 부탁해 만든 프로젝트 팀 로고. 팀 이름은 'Boys, be ambitious'다.

··· 여행 중에 도움을 받게 되었을 때 작게나마 보답하기 위해 만든 병뚜껑 오프너. 마침 평창 동계올림픽 전이라 올림픽 홍보도 할 겸 로고를 조금 바꿔봤다. 올림픽이 끝나더라도 냉장고에 붙어 있는 저 오프너를 보면서 우리를 기억해 줬으면 좋겠다. (전 세계에 100개밖에 없는 한정판 굿즈다.)

··· 미국을 건너는 동안 만나는 사람들의 응원 문구들을 지도에 채워 넣어서 한국에 다시 가지고 오면 최고의 기념품이 될 것 같아 작은 현수막으로 출력해서 챙겨왔다. 저 넓은 땅을 내가 두 다리로 건널 수 있을까···. (미국 지도 출처 : 'U.S. BANKING DEPARTMENTS', Machaen Enterprises, Inc.)

Hong Kong — Newark, NJ

이건 내가 생각한 게 아닌데

비행기가 JFK 공항에 착륙하기 전까지만 해도, 공항에서 숙소까지 여유롭게 자전거 타고 오면서 자유의 여신상도 보고 타임스퀘어도 구경할 수 있을 줄 알았다. 하지만 공항을 나오니 온통 고속도로였고, 그나마 있던 Air Train(공항 철도)도 하필이면 운행 중지 상태. 허둥지둥 헤매는 동안 시간은 흘러 결국 217달러나 내고 택시로 숙소까지 왔다. 이건 내가 생각한 게 아닌데! 첫날부터 예상하지 못한 곳에서 돈을 많이 써버린 것도 허무했지만, 이보다 New York 시내 구경을 하지 못해서 더 마음이 아프다. 죽기 전에 한 번쯤은 다시 올 일이 있겠지?

⋯ New York JFK 공항에 도착해서 자전거 세팅을 끝내고 비장하게 기념촬영.

⋯ 숙소 근처 허름한 가게에서 사 온 미국에서의 첫 식사. 부산이나 미국이나 콜라 맛은 똑같은데 왜 이렇게 낯설었을까.

Part II

New York에서
Atlanta까지

Newark, NJ — Prinston, NJ (80km)

사이다가 너무 먹고 싶던 날

··· 이날 이후로 콜라와 사이다가 있으면 무조건 사이다를 고르게 되었다. 5년이 지난 지금도 그렇고.

　내가 원래 사이다를 이렇게 좋아했나? 있으면 먹고 없으면 굳이 안 먹는 사이다였는데, 오늘은 그냥 물도 아니고 왜 유독 사이다가 그렇게 먹고 싶었을까. 라이딩 첫 날이라 체력도 많이 부족했고, 날씨도 너무 더운 탓에 땀을 많이 흘려서 그랬던 것 같은데, 고통스러울 정도로 갈증이 심했다. 왠지는 모르겠지만 이때는 당장 사이다를 못 먹으면 죽을 것 같아서 사이다만 생각하면서 페달을 밟았다. 그렇게 얼마나 탔을까, 도로 옆 주유소에 딸린 작은 편의점이 보였고, 뭐에 홀린 사람처럼 들어가서 사이다 두 병을 바로 비워버렸다.

그렇게 사이다를 마시고 언제 그랬냐는 듯 다시 또 페달을 밟았고, 오늘의 Warmshowers* 사이트에 도착했다. 호스트이신 Glenn 아저씨 내외분과 간단하게 인사를 나눈 후, 따뜻한 물로 샤워하고 나오니 저녁식사가 푸짐하게 차려져 있었다. 메인메뉴는 엄지손가락 두께만 한 패티가 들어간 수제 햄버거와 버터를 발라 구운 옥수수였는데, 정말 맛있기도 했고 미국 도착한 후에 처음으로 제대로 먹은 식사여서 정신없이 먹어치웠다. 라이딩 첫날이라 체력적으로 힘들었을 뿐만 아니라 심리적으로도 많이 불안했는데, 좋은 분들을 만나서 깔끔하게 씻고 맛있는 음식과 함께 시원한 맥주를 한 잔 마시니 안심이 되는 느낌이었다.

그리고 Glenn 아저씨가 말씀해 주셨는데, 우리가 여기 오기 일주일 전에 다른 한국인 남자 3명도 New York에서 LA까지 자전거 횡단을 시작하면서 여길 들렀다고 한다. 이런 미친 짓을 하는 사람은 나랑 동석이 형밖에 없는 줄 알았는데. 역시 세상은 넓고 또라이(?)는 많구나.

---

* Warmshowers: 전 세계 자전거 여행자들을 위한 커뮤니티 시스템으로, 여행하는 지역 근처의 호스트를 찾아서 연락한 후 동의를 구하면 집에 무료로 머물며 도움을 받을 수 있다. 배낭 여행객들이 많이 애용하는 Couch Surfing과 비슷하지만, Warmshowrs는 자전거 여행자들에게만 한정된다.

···　오늘 날씨는 한여름같이 더웠다. 땀은 비 오듯 났고 LA까지 가기엔 체력은 아직 부족한 것 같다. 매일 타다 보면 체력도 늘겠지?

Prinston, NJ — Phoenixville, PA (90km)

물 한 잔 마실 수 있을까요?

아침도 든든하게 먹고 잠도 푹 자서 그런지 오늘은 어제에 비해 자전거 타는 게 적응이 된 것 같았다. 오후 2시쯤 되었나? 어떤 작은 동네 길가에서 쉬고 있었다. 할머니 한 분이 집에서 나오시길래 "실례가 안 된다면 물 한 잔 마실 수 있을까요?"라고 조심스레 여쭤봤는데, 이때까지만 해도 이 한마디 덕분에 그렇게 큰 도움을 받을 줄은 몰랐다. 마치 알던 사람처럼 우리를 반겨주셨고, 물뿐만 아니라 음료수도 한 바구니씩 주시면서 점심 안 먹었으면 집에 들어와 밥도 먹고 편하게 쉬다 가라고 하셨다. 너무 받기만 하는 것 같아 죄송했지만, 배도 고팠고 주변에 밥 먹을만한 곳이 없어서 염치 불구하고 그릇을 싹싹 비웠다. 자전거를 타는 내내 몸은 힘들었지만, 예상치 못한 호의 덕분에 마음은 하루종일 따뜻했다.

··· 맛있는 점심식사와 물, 음료수를 아낌없이 주신 Margrethe 할머니. 정말 감사합니다!

··· 오늘의 Warmshowers 호스트인 Jeffery 아저씨 집에서 먹은 피자와 샐러드. Vegetarian을 위한 피자였는데 샐러드도 그렇고 생각보다 맛있어서 네 조각이나 먹었다.

Phoenixville, PA — Lancaster, PA (60km)

벌써부터 노숙을?

오늘 라이딩은 아주 무난했고, 연락이 닿은 호스트 집에 가기 전에 시간이 좀 남아서 근처 공원에서 쉬면서 시간을 때우고 있었다. 사실 호스트가 초저녁 즈음 집에 도착한다고 해서 집으로 오라는 연락을 받으면 집으로 갈 계획이었는데, 2~3시간을 기다려도 연락이 없었다. 결국 해는 졌고 저녁이나 먹을 겸 근처 맥도날드에서 5시간째 기다리고 있던 와중에, 문득 '설마 노숙을 해야 하는 건가' 하는 생각이 들었다. 그래도 혹시 모르니 근처의 다른 Warmshowers라도 찾아보자는 생각으로 몇몇 호스트들에게 메시지를 보냈고, 다행히도 한 분께서 도와주시겠다는 연락을 주셨다. 정말 감사하게도 Warmshowers 호스트인 Chris는 밤늦은 시간인데도 불구하고 우리가 온다는 연락을 받고 급히 방 하나를 비워서 우리가 잘 곳을 준비해 주셨다. 자기 전에 잠깐 얘기를 나눴는데, Chris는 예전에 암을 극복해 내고 미국 자전거 횡단을 했다고 한다. 암을 이겨내는 것도 쉽지 않았을 텐데 자전거 횡단까지 했다니, 신문 기사나 TV에서나 보던 그런 이야기여서 신기했고, '사람이 의지만 있으면 불가능한 건 없구나' 싶었다.

⋯ 점심으로 월마트에서 산 샐러드와 삶은 계란. 다 먹고 보니 샐러드 1개가 4인분이었다.

⋯ 인적 드문 곳에 돗자리 펴놓고 누워서 휴식 중. (좁은데 조금만 더 비켜주지⋯.)

벌써부터 노숙을?

Lancaster, PA — Emmitsburg, MD (105km)

1일 2타코

아침식사는 미국의 유명한 타코 체인점인 Taco Bell에서 해결했다. 빵 안에는 얇게 토핑된 계란, 베이컨+햄+체다치즈가 들어 있었고, 사이드메뉴로는 해쉬브라운이 나왔다. 한 입 베어 물 때의 식감은 정말 부드러웠다. 내용물들의 맛은 다 다르지만 하나인 것 같은 식감이랄까. 그런데 내 기준에서 간은 좀 짠 편이었고, 양이 적어서 아쉬웠다. (요새 밥 먹고 하는 일이라곤 자전거 타는 것밖엔 없으니 자연스레 먹는 양도 늘어난 것 같다) 그래도 아침식사나 간단한 간식으로는 아주 좋을 것 같다.

부지런히 달려서 오후 6시쯤 Warmshowers 사이트에 도착했고, 호스트이신 Bill 아저씨가 저녁메뉴로 타코를 준비해 주셨다. 아침에도 타코를 먹긴 했지만 패스트푸드가 아닌 일반 가정에서 먹는 타코는 또 색다른 맛이었고 토핑도 많아서 더 맛있었다.

저녁식사 후에 Bill 아저씨에게 어떤 코스로 LA까지 가는 게 좋을지 여쭤봤는데, 미국 남부를 지나는 코스를 추천해주셨다. 남부를 횡단해서 LA까지 거리를 계산해 보니 대략 6,500km 정도 나오는데, San Francisco까지 들렀다가 가기에는 빠듯할 것 같고, 횡단은 LA에서 끝낸 뒤에 San Francisco는 뒤풀이 여행 느낌으로 가도 좋을 것 같다.

Emmitsburg, MD — Bethesda, MD (140km)

첫 야간 라이딩

⋯▸ Amy 아주머니, 그리고 이 집에서 기르는 말인 Suzy와 함께.

⋯▸ 오늘의 점심식사. 햄버거용 빵, 샐러드, 드레싱, 슬라이스 햄을 따로 사서 샌드위치로 만들어 먹었다. 지금 봐도 맛있어 보인다.

아직 7일 차긴 하지만 여태 자전거 탄 날 중에 제일 늦게까지 탄 날이었다. 아침 일찍 출발해도 140km가 결코 짧은 거리는 아닌데, 오전에 동물들이랑 신나게 사진도 찍고 노는 바람에 거의 11시쯤 출발했고 밤 9시가 되어서야 도착했다. 길도 하필 비포장길에 사람도 없고, 해도 져서 추운데 가

로등은 없고⋯. 처음 겪는 상황이라 멘탈을 잡기가 쉽지 않았다. 그래도 긍정적으로 생각하자면 비포장길를 달리면서도 펑크 한 번 안 난 건 정말 운이 좋았던 것 같다. 그리고 LA까지 가는 동안 언젠가 한 번쯤은 저녁에 타야만 하는 날도 있을 텐데, 그중 하나가 오늘이려니 생각하자. 내일은 드디어 첫 Offday. 행복하다!

Offday in Washington D.C.

첫 Offday. Bethesda Station에서 지하철을 타고 DC 시내로 향했다. 처음으로 외식다운 외식도 하고, 스타벅스에서 아메리카노도 한 잔 사서 그냥 걷기만 했는데도 오랜만에 느껴보는 여유에 너무 행복했다. 뉴스나 영화에서나 보던 백악관The White House, 워싱턴 모뉴먼트Washington Monument, 스미소니언 자연사 박물관Smithsonian National Museum of Natural History, 항공우주 박물관National Air and Space Museum이 내 눈앞에 있다니. 이곳들 말고도 구경할 곳들이 정말 많아서 다 보려면 최소 1박 2일은 걸릴듯하다.

내일 탈 코스는 120km지만 8시 정도에 출발할 예정이니 무난하게 6시쯤 도착하지 싶다. 이제 점점 쌀쌀해지는데, 빨리 따뜻한 남부로 내려가자. Good bye, DC!!

⋯⟩ Nandos에서 점심으로 먹었던 닭 오
븐구이, 감자튀김, 그리고 코울슬로. 자전거
없이 여유롭게 외식을 하고 있다는 게 신기
했고, '여행' 중인 것 같은 느낌이었다.

⋯⟩ Offday를 마무리하며 맥주 한 캔. 사
실 오늘 밖에서 너무 많이 먹은 탓에 배불러
서 저녁은 안 먹으려고 했지만, Rami가 저
녁을 아직 못 먹었다고 하기에 집에 와서 한
끼 더 먹었다.

⋯⟩ Washington monument 앞에서.

Bethesda, MD — Fredericksburg, VA (120km)

무난했던 하루

긴 코스였지만 아주 무난했던 하루였다. 8시 반쯤 출발해서 오전 오후 60km씩 타고 6시 반에 도착. 아주 깔끔했다. 그래서 그런지 찍은 사진도 거의 없고 그냥 자전거만 탔던 것 같다. 펑크도 사고도 없이 안전하게 타서 좋긴 한데 뭔가 아쉽다. 크게 기억에 남는 게 없달까. 그래도 긍정적으로 생각하자면 그만큼 라이딩이 익숙해졌다는 뜻이 아닐까 싶다.

내일은 Charlottesville이라는 동네로 갈까 싶었지만, 오늘 맥주도 (생각보다 많이⋯) 먹었고 거리도 꽤 멀어서 중간쯤에 있는 Mineral이라는 동네에서 자기로 했다. 호스트 아저씨 말씀으로는 이 동네에 Volunteer Fire Station이 있는데 여기서 캠핑도 하면서 밥도 해먹을 수 있다고 하셔서, 내일은 처음으로 캠핑을 해볼까 한다. 기대된다.

··· 간단한 식사 후에 2차로 팝콘과 맥주 한 잔. 역시 맥주는 운동 끝나고 갈증 날 때 마시는 게 최고다.

··· 이렇게까지 많이 먹을 생각은 없었는데···. 두 병 세 병 먹다 보니 Terry 아저씨께서 만족(?)스러우셨는지 다 먹고 가라고 전부 꺼내주셨다.

Fredericksburg, VA — Mineral, VA (80km)

인생사 새옹지마

　여유롭게 목적지에 도착해서 텐트 쳐놓고 불 피워서 고기도 구워 먹고 라면도 끓여 먹을 생각에 신났었는데. 막상 도착하니 소방서는 물론 동네에 사람이 1명도 없었고, 음식 살 곳도 없었다. 예상보다 많이 달라서 당황했지만, 아직 시간도 있겠다 혹시나 근처에 다른 Warmshowers를 찾고 연락했는데 바로 오라는 게 아닌가? '역시 그냥 죽으란 법은 없구나' 하면서 신나게 달려갔는데…. 우리가 여태 지내왔던 Warmshowers랑은 많이 달랐다. 조용한 시골의 큰 집에 젊은 사람들 10~20명 정도가 모여 살면서 같이 농사도 짓고 같이 생활하는 곳이었다.

　태어나서 처음 해보는 경험에 많이 당황스럽고 무서웠지만 다들 착하고 친절해서 조금은 안심할 수 있었다. 그리고 텐트 안에 누우니까 생각보다 아늑하고 편해서 잘 잘 수 있을 것 같다. 솔직히 미국 온 이후로 계속 좋은 집에서 편하게 쉬었으니까 오늘 하루만큼은 이렇게 자도 괜찮잖아? 여행 준비하면서 이런 부분을 전혀 예상 못 한 것도 아니고, 3달 동안 미국 횡단하면서 언젠가 한 번쯤은 겪어야 할 경험일 것이다. 그리고 살면서 언제 또 미국 시골 동네에서 밥 얻어먹고 텐트 치고 잘 수 있을까.

…〉 아무 곳이나 텐트 치고 자도 된다고 해서 최대한 바람 없고 덜 추워 보이는 나무 건물 안에 텐트를 쳤다. 불 피워서 고기 구워 먹는 캠핑은 다음 기회에….

…〉 위치가 완전 시골이어서 데이터도 안 터졌지만, 덕분에 형이랑 옛날 사진들 보면서 웃고 떠들었다. 나름 감성 있었다.

Mineral, VA — Crozet, VA (90km)

감사

이 여행을 하다 보면 항상 도움을 받기만 하는 입장이라 감사한 일들뿐인 것 같다. 오늘의 Warmshowers 호스트이신 Bill 아저씨가 형 자전거 뒷바퀴 휠이 휘어서 소리가 나는 것 같다고 하시면서, 우리가 저녁 먹는 동안 직접 차로 바이크 샵까지 가셔서 새 휠을 사 와주시고, 타이어도 더 좋은 것으로 바꿔주셨다. 그리고 정말 죄송할 정도로 감사했던 건, 비용이 얼마였는지 여쭤보니 "너희는 갈 길이 머니 돈을 아껴야 한다. 아껴뒀다가 만약 한 번 더 고장 나면 그때 돈을 써라"라고 하시며 받지 않으셨다. 처음 보는 사람이기도 하고 앞으로 다시는 볼 일이 없을 텐데 우리가 뭐라고 이렇게까지 도와주시는 건지 하는 생각도 들고, 고작 오프너로 보답을 드리기가 초라했다. 이번 여행을 하면서 정말 감사함을 많이 느낀다. 반대로 내가 나중에 은퇴한 후에 Warmshowers 호스트가 된다면 손님에게 이 정도로 해줄 수 있을까. 그만큼 마음이 여유로운 사람이 되어야겠다 하는 생각이 든다.

⋯ 새벽에 너무 추워서 잠도 잘 못 자고 아침식사도 제대로 못 하고 출발해서 오전엔 체력적으로 너무 힘들었다. 그렇게 30km 정도 달려서 드디어 버거킹을 찾았고, 각자 버거 세트 2개, 치킨너겟 10개씩 먹어 치워 버렸다.

⋯ 휠과 타이어까지 직접 갈아주시고, 전체적으로 자전거 점검까지 해주셨던 미 해병대 출신 Bill 아저씨. 잊지 않겠습니다. 감사합니다!

Crozet, VA — Lexington, VA (90km)

죽을 것 같은 고통도 한순간이다

산 위에 있는 학교 기숙사에 걸어서 올라갈 때마다 항상 주문처럼 혼자 되뇌는 말인데, 오늘 산을 하나 넘으면서도 다시 느꼈다. 오르막을 오르는 그 순간은 정말 힘들고 죽을 것 같지만, 그 고통이 24시간 365일 동안 지속되는 것도 아니고 짧게는 몇 분, 길게는 1~2시간 지속될 뿐이다. 그 고통을 잠깐씩 몇 번만 참고 나면 어느새 정상이 눈앞에 보이고 내리막길이 펼쳐진다. 이 마인드로 3달 견뎌보자. LA 도착하는 그 순간의 내리막길 같은 쾌감을 상상하면서.

Lexington, VA — Roanoke, VA (94km)

모든 게 완벽했던 날

오전 9시에 출발해서 2시간 반 만에 45km 타고, 점심 먹은 후 남은 거리를 달려 오후 3시 반에 도착했다. 길이 좋았던 탓도 있겠지만, 이젠 몸도 거의 적응했는지 자전거 타는건 거의 안 힘들다. 자전거 탔던 첫날은 힘들어서 정신 못 차렸던 것 같은데, 10일 차 넘으니 그새 체력이 많이 좋아진 것같다. 근데 허리가 조금 걱정이다. 많이 아픈 건 아닌데 오래타다 보면 조금 아프다. 아직까지는 참을만한데 더 심해지진않겠지? 허리도 허리지만 무릎이 제발 남은 70여 일 동안 잘버텨줬으면 좋겠다.

오늘도 횡단 루트에 대한 얘기를 좀 했는데, Atlanta를 한번 들르는 게 좋을 것 같다. Atlanta에는 한인들이 많이 살아서 한국 택배로 짐도 보낼 수도 있고 (한국에서 출발할 때 이것저것

많이 챙겨왔는데 막상 필요 없는 짐이 많아서 무게도 줄일 겸 한국으로 짐을 조
금 보내려고 한다) 한국 식당도 많아서, 삼겹살에 소주 한잔하고
하루 이틀 쉬어갈 수 있을 것 같다. 일주일만 더 고생하자. 시
간 금방 간다.

···＞ 예상보다 일찍 도착한 탓에 Jeanne
아주머니 (오늘의 호스트)보다 집에 일찍 도
착해서, 기다리는 동안 옆집 Carl 아저씨 차
타고 잠깐 다녀왔던 Mill Mountain 전망대.
날씨도 좋아서 Roanoke 동네 전체가 한눈
에 보였다.

···＞ 전망대에 있던 Mill Mountain Star. 어
두워지면 불도 들어온다고 하는데, 밤에 보
면 더 이뻤을 것 같다.

···＞ Jeanne 아주머니가 챙겨주신 저녁식
사. 하루의 마무리는 역시 맥주다.

Roanoke, VA — Blacksburg, VA (54km)

누적 주행거리 1,000km 돌파

벌써 1,000km나 탔다. 왠지 1,000km 넘었을 것 같아서 저녁에 계산해 보니 정확히 1,003km였다. 라이딩 12일 만에 1,000km면 산술적으로 계산해 봤을 때 6,000km는 72일 정도 걸리는데, 이 정도로만 끝나도 10일 정도는 여유롭게 여행도 하다가 한국 갈 수 있지 않을까. 여기서 Atlanta까지는 700km밖에 안 되니 늦어도 다음 주 주말 안에는 도착할 것 같다.

⋯ 이제 1,000km 탔으니 지금까지 온 만큼 다섯 번만 더 가면 LA 도착이다. 이렇게 생각하니 얼마 안 남은 것처럼 느껴진다.

⋯ 그새 피부가 많이 탄 것 같다.

… 오늘의 Warmshowers인 Laura's House. 그런데 어제도 그렇고 호스트분들 다 집 문을 안 잠그고 다니시고, 본인은 늦으니 우리보고 먼저 집에 들어가 있으라고 하신다. 이렇게 친절해도 되는 건가? 물론 우리야 정말 감사하긴 하다.

Blacksburg, VA — Galax, VA (110km)

전화위복

오전엔 운이 좋지 않았다. 아침도 못 먹었고, 신나게 내리막길을 가다가 길이 막혀서 결국 다시 오르막길을 되돌아 올라갔으며, 오르막길에서 잠깐 멈췄다가 출발하려고 페달을 밟았는데 자전거 뒤에 실린 짐 무게 때문에 중심을 잃고 넘어져서 한 바퀴 구르기도 했다. 그래도 크게 다친 곳은 없어서 다행이다. 그렇게 비포장길을 쭉 달려 오늘의 Warmshowers에 도착했다.

"轉禍爲福(전화위복)"이라는 말이 있는데, 오늘 오전이 '禍(화)'였다면, Warmshowers는 '福(복)'이었다. 큰 게스트룸에 침대도 2개였고, 호스트이신 Tom 아저씨가 직접 반죽, 토핑까지 해서 화덕 장작불에 구워주신 피자와 샐러드, 와인, 맥주, 수박, 그리고 아이스크림까지 미국 온 이후로 제일 배부르게 먹었던 것 같다. 그리고 조심스럽게 "실례가 안 된다면 내일 하루 더 쉬다가 가도 될까요?" 하고 여쭤봤는데, 감사하게도 흔쾌히 허락해 주셨다. 내일은 밀린 빨래도 하고, 나가서 좋은 공기 마시고 산책도 하면서 힐링해야겠다. 내일 푹 쉬고 Atlanta까지 달리자!

··· 오전에 만났던 잠긴 철조망 문. 하필 오늘이 토요일이었다.

··· 먹고 싶은 대로 골라서 맘껏 먹으라며 준비해 주신 드링크 바구니. 감동이다.

··· 피자를 구웠던 화덕과 피자 (오른쪽 사진). 많이 먹으라며 피자를 5~6판 정도 구워주셨다. 살면서 피자를 제일 많이, 맛있게 먹었던 날이다.

Offday in Galax

Offday in Galax

일주일 만의 Offday. 다리도 많이 뭉쳤고, Atlanta까지 쉬지 않고 가기는 조금 무리라고 생각해서 하루 쉬기로 한 날이다. 늦잠 자고 일어나서 점심 먹고 소화도 시킬 겸 자전거도 잠깐 타고, 저녁엔 Tom 아저씨가 뷔페도 사주셔서 오늘도 배 터지게 먹었다. 다시 집에 와서는 30분 정도 산책한 후 씻고 쉬는 중이다. 외진 시골 동네라 할 거 없어서 심심할 줄 알았는데 생각보다 바쁘게 지냈다.

여기서부터 Atlanta까지는 550km 정도 남았다. 돌아오는 토요일 도착을 목표로 하고 내일부터 다시 달리자. 삼겹살과 소주, 김치찌개, 된장찌개가 기다린다. 그나저나 밤부터 비가 많이 온다던데 내일 길도 좋고 90km밖에 안 되지만 걱정된다. 아래 지역에 허리케인이 왔다고 하는데 그것 때문인가 보다.

⋯⋯ Tom 아저씨가 가볍게 자전거 잠깐 타고 오자고 하셔서 따라 나갔는데 2시간 넘게 탄 것 같다. 짐 없이 타니 어색하긴 했지만, 자전거 무게가 가벼워지니 훨씬 탈 만했다.

Galax, VA — North Wilkesboro, NC (88km)

Follow your nose!

"Follow your nose!"

오늘의 호스트이신 Steve 아저씨가 해주신 말씀이다. 사전적 의미로는 '곧장 앞으로 가다', '계속하다'이지만, 우리에게는 "목표를 향해서 앞만 보고 나아가라"라는 의미로 말씀해 주셨다. 사실 오늘은 몸보단 멘탈적으로 조금 힘들었다. 어제 쉬긴 쉬었는데 덜 쉬었는지 살짝 피곤했고, 높은 오르막을 오르기 전처럼 하기는 싫은데 하기는 해야겠고, 막상 하면 될 걸 알지만 별로 안 하고 싶은 기분이었다. 그런데 마침 길어지는 여행에 지쳐가는 나에게 딱 필요한 말씀을 해주신 덕분에 의지를 다시 한번 붙잡을 수 있었다. 아직 17일 차밖에 안 되었고 갈 길이 멀지만, 이 여행 하나 오고 싶어서 휴학하고, 아르바이트를 3개까지 해가며 악착같이 돈을 모았으며, 여행

계획을 짜며 설레하던 내 모습을 생각해서 다시 힘내보자. 힘내서 꼭 LA 태평양 바다 보러 가자.

⋯ 다섯 번째 만나는 주, North Carolina!

⋯ 며칠 전부터 계속 Appalachian 산맥을 넘는 중이라 이젠 오르막길에 질릴 대로 질렸다. 그래도 높은 곳에서 내려다보면 경치는 좋다.

Offday in North Wilkesboro

오늘 비가 올지 안 올지가 어제저녁부터 제일 걱정이었는데, 아니나 다를까 아침부터 비가 한 방울씩 오기 시작했다. 그런데 비가 쏟아지는 비도 아니었고 하늘도 맑은 듯 흐려서, 내 느낌엔 왠지 금방 그칠 것 같았다. 그리고 하루건너 또 쉬는 게 좀 부담되어서 비를 조금 맞더라도 출발하는 게 어떨지 얘기했는데, 형은 "우리가 레이스 하는 것도 아니고, 우리 둘 다 몸 상태도 100%가 아니니 하루쯤은 더 쉬고 천천히 가도 괜찮다"라고 했다. 듣고 보니 맞는 말인 것 같았다. 우리 뒤에서 누가 쫓아오는 것도 아니고 얼마나 빨리 미국을 횡단하는지 기록을 재는 것도 아닌데, 내가 너무 앞만 보고 마음이 급했던 것 같다. 시간은 아직 2달이나 남았고, 하루 늦게 간다고 큰일이 나는 것도 아닌데. 조금만 여유를 갖자. 급할

건 하나도 없다. 덕분에 푹 쉬면서 낮잠도 잤고, 닭 요리로 단백질 보충도 충분히 했다. 오늘 100%로 충전했으니 내일부터 다시 열심히 달려보자.

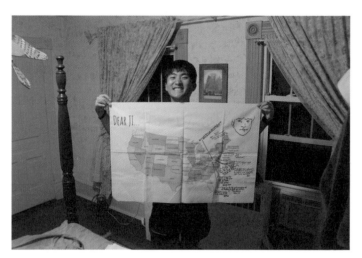

··· 중간 점검

North Wilkesboro, NC — Morganton, NC (90km)

"Save money and present to your mom"

"Save money and present to your mom"

Steve 아저씨와 식당에서 아침식사를 하고, 이틀 동안 너무 신세를 많이 져서 우리가 계산하려고 하니 아저씨가 계산하시면서 해주신 말이다. 당연히 우리가 내려고 했는데 이 말을 듣고 감사하다는 생각이 들기도 전에 너무 놀라서 얼어붙었던 것 같다. 아침부터 마음 한 편이 찡해졌다. 덕분에 힘차게 하루를 시작할 수 있었고, 앞으로 열심히 페달 밟아서 미국 횡단 목표 이루는 게 아저씨에게 조금이나마 보답할 수 있는 방법이 아닐까 싶다.

⋯ 이틀 쉬어서 그런지 몸 상태는 확실히 가벼웠다. 날씨가 조금 더웠긴 했지만, 이틀 만에 땀을 쫙 빼니 뭔가 기분이 상쾌했고 몸에 있는 노폐물이 다 빠져나가면서 몸이 풀리는 느낌이었다.

⋯ 오늘 도착한 Warmshowers에는 여행객 전용 공간에 샤워실, 세탁기/건조기, 노트북, 충전기까지 없는 게 없다. 너무 편하게 쉴 수 있을 것 같다.

⋯ 오늘의 호스트이신 Marc 아저씨는 근처에서 역사 관련 일을 하셔서, 미국의 역사에 대해 많은 얘기를 들을 수 있었다. 내가 여행하고 있는 '미국'이라는 나라에 대해 조금이나마 더 깊게 이해할 수 있었던 시간이었다.

Morganton, NC — Spartanburg, SC (122km)

Getting better to ride!

오전에 65km, 오후에 57km, 총 122km. 힘들었다. 물론 이 생활엔 다 적응했지만 100km 이상 타는 건 그래도 힘들다. 근데 한 가지 확실한 건 형이랑 나 둘 다 이젠 꽤 자전거를 잘 타는 것 같다는 점이다. 길이 좋았던 것도 있지만, 평균속도도 20km/h 가까이 나오면서 오르막도 안 쉬고 쭉쭉 올라간다. 그리고 여행 초반엔 10~20km씩 타고 쉬곤 했지만 요즘은 한 타임에 40km까지도 탄다. 제발 지금처럼만 안 다치고, 자전거도 큰 고장 없이 꾸준히 탈 수 있으면 좋겠다. (형 자전거가 로드바이크라 휠이 얇아서 잘 휘는 게 좀 걱정이긴 하다)

⋯⟩ 오늘 점심 메인메뉴였던 월마트 치킨(5 달러). 월마트엔 물이나 음료수, 간식들뿐만 아니라 맛있는 조리 식품들도 많아서 점심도 먹을 겸 하루에 한 번씩은 꼭 들르는 것 같다.

⋯⟩ 오늘 머물 게스트룸. 침대 2개에 개별 화장실, 샤워실에 와이파이까지. 거의 호텔 이다. 마음 같아서는 하루 더 있다 가고 싶지 만, Atlanta 가서 숙소 잡고 더 편하게 쉬자!

⋯⟩ Our 6th state, South Carolina!

Spartanburg, SC — Easley, SC (88km)

Heavy traffic, heavy stress

오늘 탔던 길은 자전거 여행 시작한 이후 최악의 길이었
다. 하루종일 길에 차도 많고 신호등도 많아서 자전거를 타기
가 너무 힘들었다. 오전 9시쯤 출발했는데도 고작 88km 거
리를 저녁 6시 반에 도착했다. 차가 많으면 몸도 힘들지만 무
엇보다 정신적으로 너무 힘들다. 차선 체크 하랴, 뒤에 차오는
지 보랴, 내비게이션 보랴, 길 건널 때는 신호등 봐야 하고, 반
대편 차선도 봐야 하고, 또 보행자 신호등이 없을 때도 많은
데 이때는 그냥 눈치 봐가면서 타이밍 보고 건너야 한다. 자
전거보다도 더 신경 쓸 게 많아서 이른바 '기 빨리는' 하루였
다. 그래도 다친 곳 없이, 사고 없이 오늘 하루도 건강하게 잘
마무리할 수 있어서 다행이다.

내일은 Atlanta에 들어가기 전 마지막 동네인 Athens로

간다. 거리는 150km 정도. 아주 힘들고 긴 라이딩이 될 것 같은데 삼겹살에 소주 생각하면서 참아보자. 여태 1,500km 도 탔는데 150km를 못 탈까. 내일 타는 길이 차가 많이 다니는 길만 아니었으면 좋겠다. 우리의 의지와는 상관없이 내일이 열리겠지만, 우리의 의지로 내일을 성공적으로, 안전하게 닫을 수 있기를.

…→ 아침에 Cissy 아주머니 내외분과 함께.
Thank you, Cissy!

…→ 오늘도 역시 점심은 월마트 정식 (우리가 지은 이름) 이젠 집밥 같다.

…→ 자전거 타다가 뭔가 칼칼하고 익숙한 냄새가 나서 갑자기 멈춘 후에 형이랑 눈이 마주쳤는데, 아니나 다를까 주변을 둘러보니 한식당이 있었다. 우린 100% 한국인인가 보다. 빨리 Atlanta 가서 삼겹살에 소주 먹자.

Easley, SC — Athens, GA (148km)

세상에서 제일 따뜻한 핫도그

점심 무렵 열심히 페달을 밟고 있는데, 갑자기 어떤 픽업트럭이 클랙슨을 울리면서 갓길에 우리를 멈춰 세웠다. '우리가 뭘 잘못했나?'부터 '혹시나 무슨 일 나는 건 아니겠지?'까지 그 짧은 순간에 별의별 생각을 다 했는데, 어떤 아저씨가 엄지손가락을 치켜세우시면서 종이봉투를 하나 건네주시고는 그냥 가셨다. (사실 응원의 한마디도 짧게 해주셨던 것 같은데, 당시엔 너무 놀라서 뭐라고 말씀하셨는지는 기억이 안 난다) 봉투를 열어보니 핫도그 5개가 들어 있었다. 오늘 탈 루트 주변엔 마트나 식당이 없어서 점심도 못 먹고 자전거를 타고 있었고 마침 배가 많이 고팠던 터라 잘 됐다 싶어서 그 자리에서 허겁지겁 먹어치웠다. 산 지 시간이 조금 지났는지 봉투 안은 차가웠지만, 우리를 위해 응원해 주신 이름 모를 아저씨의 따뜻한 마음 덕분에, 그 핫도그만큼은 세상에서 제일 따뜻했고 맛있었다.

오늘 150km를 탈 수 있을까 걱정을 많이 했지만, 어떻게 하지 하다가도 막상 부딪치니까 되긴 된다. 덕분에 허벅지부터 종아리까지 다 뭉치긴 했지만 뿌듯하다. 앞으로 오늘보다 더 타는 날이 있을까. 없었으면 좋겠다.

⋯ 일직선으로 곧게 뻗은 길. 지나가는 차도 거의 없어서 자전거 타기엔 정말 좋았고, 날씨마저 맑았다.

⋯ Georgia 주와 South Carolina 주의 경계에 있는 Lake Hartwell. 그리고 이젠 내 몸의 일부가 된 자전거.

⋯ 벌써 일곱 번째 주, Georgia. 도장 깨기처럼 주를 1개씩 깨나가는(?) 맛이 있는 것 같다.

Athens, GA — John's creek, GA (98km)

고향에 가까워지는 느낌

"자전거 여행하시는 거예요?"

"네!!"

"어디서부터 오셨어요?"

"뉴욕이요."

"와 정말 멋있다…. 안전한 여행되세요!!"

"네, 감사합니다!!"

횡단보도에서 신호대기 하고 있는데 차에 타고 계시던 한국분과 나눈 대화이다. 10초 남짓? 나눈 대화이고 딱히 별 내용도 없었지만 마음이 그렇게 편해질 수가 없었다. 미국 온 지 21일째인데 한국말 잠깐 했다고 막혀있던 목구멍과 답답했던 가슴이 싹 씻겨 내려가면서 마음이 편안해졌다. 아직 한국 가려면 한참 남았지만, 마음만큼은 고향에 한 걸음 더 가까워진 느낌이었다.

⋯→ 오늘의 Warmshowers 호스트이신 Cathy 아주머니가 부모님께 받았다는 선물. 한반도에 무궁화가 가득 피었는데, 먼 타지에서 보니 왠지 뭉클하다.

⋯→ 창고 책상 밑에 있던 옛날 참이슬 박스. 확실히 이 동네에 한국 분들이 많이 사시는 것 같은데, 밖에 다닐 때 한국분들 많이 만났으면 좋겠다. 처음 보는 분들이겠지만 너무 반가울 것 같다.

Offday in Atlanta (Chamblee)

과유불급

　　일주일만의 Offday. 숙소도 미리 잡아놨었고 한인마트에서 장 봐서 요리해 먹기로 한 날이다. 기대에 가득 차 아침에 눈을 떴다. Cathy 아주머니가 준비해 주신 늦은 아침을 먹은 후 예약해 놓은 숙소로 출발했고, 긴 거리는 아니었지만 한국 음식이랑 소주 먹을 생각만 하면서 페달을 밟았던 것 같다.

····· 103달러짜리 영수증과 카트. 그래도 표정은 행복해 보인다.

　　드디어 오늘의 하이라이트, 한인마트인 H mart에 장을 보러 갔다. 오랜만에 한국스러운 마트에 오니 눈이 뒤집혀서 삼겹살, 차돌박이, 양념 불고기, 비빔면, 즉석밥, 소주, 맥주, 음료수, 아이스크림 등 보이는 대로 카트에 다 담왔고, 영수증엔 103달러가 찍혔다. 둘이서 12만 원이라니. 솔직히 현타현실 자각 타임가 조금 오긴 했지만, 작정하고 먹기로 한 날이고 돈은 쓸 때 확 써야 하며, 나중에는 103달러 이상의 가치를 가진 추억이 될 것이라 믿었다. 결국 3차까지 꾸역꾸역 먹어서 다 먹는 데는 성공했는데, 그나저나 형이 정말로 존경스럽다. 나는 더 먹고 싶은데 도저히 못 먹겠어서 중간에 한 번 토하고 또 먹었지만, 형은 비워내지도 않고 계속 먹는데 그게 어떻게 다 들어가나 싶었다. (여행을 다녀온 지 5년이 다 된 지금까지도 '토하고 또 먹은 사람과 꾸역꾸역 계속 먹은 사람 중 누가 더 미련한가?'라는 주제로 형이랑 만날 때마다 싸우는 중이다. 여러분들의 생각은?) 하여튼 돈은 많이 썼지만 별난 추억을 얻었다. 그래도 만약 다음에 또 장 볼 기회가 생긴다면, 조금은 욕심을 버릴 필요는 있을 것 같다.

··· 한국으로 부친 안 쓰는 짐들. 이제 마음도 짐도 한결 가벼워진 것 같다.

··· 점심 먹으러 갔던 '서라벌'이라는 한식당. 고기를 구워 먹고 싶었지만 저녁을 위해 참고, 갈비탕에 사이드로 잡채와 해물파전만 시켰다. 거의 1달 만에 먹는 한국 음식이었는데, 먹는 순간만큼은 한국에 있는 것 같았다.

⋯ 1차. 제육볶음밥과 김치찌개, 그리고 마늘장아찌.

⋯ 2차. 소화도 시킬 겸 입가심으로 아이스크림과 홈런볼.

⋯ 3차. 삼겹살&차돌박이, 김치볶음, 그리고 소주. 진심으로 배가 터질 것 같아서 괴로웠지만, 그래도 행복했다.

과유불급

Part III

Atlanta에서
Houston까지

Chamblee, GA — Smyrna, GA (28km)

후유증

오랜만에 느껴보는 숙취였다. 술을 아주 많이 먹진 않았
는데 오랜만에 먹기도 했고, 너무 과식했는지 컨디션도 그닥
좋진 않았다. 매일 삼시 세끼 잘 챙겨 먹으면서 100km씩 자
전거 타고 건강한 생활을 하다가 갑자기 루틴이 무너져서 그
런 것 같기도 하다. 급한 일정도 없으니 컨디션도 천천히 올
릴 겸 숙소 체크아웃 시간인 11시에 맞춰 천천히 출발했고
28km만 타서 오늘의 Warmshowers에는 오후 1시쯤 도착했
다. 어제와 오늘의 교훈. 쉬는 것도 '잘' 쉬어야 한다. 무식하
게 토해가면서까지 억지로 먹지 말고….

언젠가는 나도

오늘의 Warmshowers는 남자들의 워너비 같은 집이었다. 집 지하에는 대형 TV, 당구대, 탁구대, 오락기 등 거의 파티룸이었고, 차고에는 스포츠카가 있었다. 나도 나중에, 아주 나중에 은퇴하고 나면 한적한 시골집에 살면서 집 안에는 영화 스크린, 당구대, 술 냉장고, 맥주 코브라 같은 것들 다 설치하고, 차고에는 멋진 차 한 대 대놓고 드라이브하면서 살고 싶다.

···› 오늘 하루종일 탔던 Silver Comet Trail. 길도 다 포장되어있고, 차도 없고, 무섭게 쫓아오는 개들도 없고, 로드킬 당한 동물들도 없고, 맑은 공기 마시고 경치 구경하면서 여유롭게 자전거 타기 딱 좋은 길이었다.

···› Trail 옆 공터에서 점심으로 끓여 먹었던 라면. 연료가 부족해서 면이 덜 익은 채로 먹었지만, 그래도 야외에서 먹는 라면은 맛이 없을 수가 없다.

Day 27 / 2017.10.19. Thu. / 맑음

Taylorsville, GA — Weaver, AL (122km)

경찰서에서 노숙을

⋯ 여덟 번째 주인 Alabama 주는 Central Time Zone을 사용하고 있어서
(Georgia 주는 Eastern Time Zone), 저 문을 지나면 시간이 1시간 느려진다.

Alabama 주로 들어온 것도 좋고 시간이 바뀐 것도 신기
하고 Silver Comet Trail 길도 좋고 다 좋았는데, 오늘 숙소가
없다는 그 하나가 자전거 타면서 계속 맘에 걸렸고 불안했

74

다. 오후 5시 반쯤 Weaver라는 작은 동네에 도착한 후 우선 계획대로 교회를 몇 군데 찾아가 봤는데, 4곳 전부 다 퇴근하셨는지 아무도 없었다. 그리고 일반 가정집을 찾아가서, 괜찮다면 마당에 텐트를 치고 하룻밤만 자도 될지 양해를 구해봤지만 3곳 전부 거절당했다. 그래도 부딪치면 어떻게든 된다는 믿음을 갖고 마지막으로 경찰서에 도전. 우리는 New York에서 출발해서 LA까지 미국을 자전거로 횡단 중인데 오늘 잘 곳이 없고…. 구구절절 상황을 설명했고, 데스크 직원분이 잠깐만 기다려 보라며 어디에 전화 한 통 하더니 허락해 주셨다! 우리의 첫 노숙을 도와준 직원분에게 감사의 의미로 오프너를 드리고, 저녁식사를 간단하게 해결한 후 8시쯤 일찍 누웠다. 오늘은 노숙하지만 그래도 내일 Warmshowers는 구해져서 다행이다.

⋯ 주유소 옆 편의점에서 대충 사 먹은 저녁식사. 여태 잘 먹고 다녔으니 오늘 하루 정도는 추억 쌓는다 생각하자!

⋯ 경찰서 로비에 침낭 깔고 누워 있으니 기분이 이상하다. 경찰서라 불은 못 끌 것 같은데, 그냥 모자로 눈 가리고 자야겠다.

경찰서에서 노숙을

만병통치약 Warmshowers

⋯ 춥고 배고프고 온몸이 쑤셨던 출발 전. 노숙도 하루 이틀이지 며칠 연속은
못 할 것 같다.

생각보다는 잘 잤는데 그렇다고 푹 자지는 못했다. 딱딱한
바닥과 밤새 일하시는 직원, 가끔 들락날락하는 사람들 덕분
에⁽²⁾ 열 번은 깬 것 같다. 눈 뜨자마자 침낭 개고 짐 싸서 간

단하게 감사인사를 드리고 도망치듯이 나왔다. 너무 배고프고 춥고 씻고 싶었다. 일단은 몸도 녹이고 배를 먼저 채워야 할 것 같아서, 맥도날드로 가서 맥모닝과 커피 한 잔으로 잠도 깨우고 출발 준비를 했다.

그런데 어제 미리 구했던 오늘 Warmshowers 호스트가 오늘 갑자기 급한 일이 생겨서 못 도와줄 것 같다고 연락이 왔다. 아쉽지만 어쩔 수 없지. 다른 곳을 찾기 시작했는데, 오늘 갈 동네엔 Warmshowers가 14개 정도 있어서 그중 1개는 되겠지 싶었다. 그런데 점점 불안해졌다. 점심 먹기 전까지 2~3명 정도 연락이 왔었는데 다 불가능하다는 답변이었다. '또 노숙해야 하나' 하는 불길한 예감이 조금씩 머릿속을 채우기 시작했는데, 형도 그랬는지 평소랑은 달리 기분이 좋지 않아 보였다. (형이 처음으로 한국 가고 싶다는 말을 했다) 그래도 이대로 죽으라는 법은 없으니, '1명만 걸려라' 하는 심정으로 남은 호스트들 5~6명 정도에게 다 연락을 돌렸고, 그중 두 번째로 답장이 온 호스트에게서 와도 좋다는 연락이 왔다. 위치도 점심 먹은 곳에서 50km 정도 거리여서 딱 좋았다. 하루종일 '오늘은 어디서 자야 하나' 하는 불안감에 마음도 불편했고 기분 탓인지 안 아프던 몸도 아팠는데, 쉴 곳이 정해지니 아픈 곳도 싹 나았고 갑자기 힘도 나면서 세상 모든 것들이 행복하게 보였다.

⋯ 하루에 100km 이상씩 자전거 타는 것도 물론 힘들지만, 제일 힘든 건 당장 오늘 저녁
조차 어디서 쉴 수 있을지 알 수 없다는 것과, 이 불안감을 이겨내는 것이다.

Irondale, AL — Graysville, AL — Irondale, AL (80km)

일 보 후 퇴

무작정 전진하는 것 보다, 가끔은 일 보 후퇴하는 것이 더 옳은 길일 때도 있다. 어제부터 연락하던 호스트 집 방향으로 가고 있었는데, 갑자기 연락이 두절되었고 가던 길 반대 방향의 호스트로부터 연락이 왔다. 우리에게 선택권은 없으니 왔던 길을 되돌아가기로 했는데, 내비게이션을 찍으니 남은 거리 110km에 예상 도착 시간이 밤 9시로 나왔다. 이때 멘탈이 조금 나가면서 이 여행에 대한 깊은 회의감이 들었는데, 형이 아이디어를 낸 게 어제 묵었던 호스트 집으로 다시 복귀하는 것이었다. 호스트에게 다시 양해를 구해야 하고 하루 더 신세 지는 게 죄송하긴 했지만, 우리로서는 최선의 옵션이었다. 다행히 하루 더 지내도 괜찮다는 연락을 받아서 오늘 아침에 떠났던 곳으로 다시 돌아왔는데, 결과적으로 하루를 버린 셈이긴 하지만 하루쯤 돌아간다고 LA까지 못 가는 건 아니기 때문에 후회되거나 아쉽진 않다. 오히려 마음도 훨씬 편해졌고, 정말 잘한 선택인 것 같다.

그리고 앞으로의 코스에 대해 형이랑 얘기를 많이 해봤는데, 두 가지 옵션 중에 어떤 게 좋을지 고민이다. 처음 계획대로 미국을 '횡단'하는 것과 서부로 '점프'해서 서부에 조금 집중하는 것 중에 어떤 루트를 선택해야 나중에 후회를 조금이라도 덜 할 수 있을까. 물론 둘 다 해보지 않고서는 어떤 것이 더 좋을지 모르는 것이지만, 두 가지 옵션 다 장단점이 명확해서 고민이 된다.

	말 그대로 '횡단'	서부로 '점프'
장점	– 말 그대로 진짜 '미국 횡단'이다. 사실상 이게 제일 큰 이유. – 이때 밖에 못하는 체력적, 시기적 이유	– 남은 2달 동안 서부에 집중해서 여행할 수 있다. – 라이딩하는 과정이 심심하지 않다. 매일이 놀라운 장관의 연속. – Warmshowers나 숙소가 조금 더 안정적일 수 있다.
단점	– 서부로 가는 과정이 너무 '無'의 연속. 체력적 소모 多. – 서부 구경 많이 못 함. – 서부로 가는 과정이 시간 낭비하는 느낌? 무의미할 수 있다. – Texas 사막 한가운데로 지나가면 정신적으로 많이 힘들 듯.	– 진짜 '횡단'은 못하게 되어서 여행의 본질이 다소 흐려질 수 있다. – 교통비가 더 든다.

Irondale, AL — Tuscaloosa, AL (108km)

Boys be 'really' ambitious!

아침에 집을 떠나기 직전에 호스트인 Ashley가 나중에 열어보라며 편지 봉투를 하나 주셨고, '직접 편지까지 써주시다니' 하며 거듭 인사하면서 받았다. 그렇게 출발한 후 정신없이 자전거를 타다가 맥도날드에서 점심을 먹으면서 읽어봤는데, 내용도 내용이지만 20달러 지폐를 3장이나 넣어주셨다. 이틀이나 신세 지면서 너무 민폐만 끼치고 받기만 한 것 같아서 죄송했는데, 되려 우리가 보답해 드려도 모자랄 판에 현금까지 챙겨주시다니. 너무나도 감사해서 눈물이 날 것만 같은 이 감정을 문자로 100% 표현할 만큼 내가 영어를 잘하지는 못해서 너무 답답했다. 반대로 내가 만약 호스트였어도 이렇게까지 챙겨줄 수 있었을까. 이분들의 이 깊고 따뜻한 마음에 누가 되지 않게 이 돈은 정말 필요할 때 쓰고, 여행이 끝나도 기억해야겠다. 가능할진 모르겠지만 나중에 다시 이 동네에 오게 된다면 꼭 보답해 드리고 싶다. 그때 정말 감사했고, 덕분에 완주했다고.

⋯⟶　"Boys be really ambitious"라고 적힌 편지 봉투. 봉투 안에는 "Our small contribution to your awesome trip!!" 이라는 문구와 함께 60달러가 들어 있었다.

⋯⟶　여행이 끝난 후에도 가장 기억에 남고 감사했던 호스트 중 한 분인 Ashley. 우리를 정말 가족처럼 대해주셨고, 덕분에 LA까지 완주할 힘을 얻을 수 있었다.

Tuscaloosa, AL — Gainesville, AL (110km)

Worst day, but best night

오후까지만 해도 오늘이 제일 운 없는 날인 줄 알았다. 구글맵이 알려주는 대로 열심히 가고 있는데, 어느샌가 비포장 길이 나왔고 어제 비도 온 탓에 길이 온통 진흙투성이였다. 점점 불안해졌지만 가다 보면 차도가 나오겠지 하면서 계속 갔는데, 결국 타이어랑 펜더 사이에 진흙이 잔뜩 껴서 바퀴가 안 돌아가기 시작했다. 자전거를 타고 가기도 힘들어서 내려서 끌고 가는데, 뒷바퀴에도 온통 진흙이 들러붙었고 갯벌같이 신발도 발 딛는 족족 빠져서 진흙투성이가 됐다. 그렇게 3~40분쯤 더 들어갔나, 길도 없고 점점 산속으로 들어가는 것 같아 결국 왔던 길로 다시 돌아가기로 했다. 그 진흙탕 길을 다시 되돌아가야 했지만, 그래도 이게 그나마 제일 확실한 방법이라 어쩔 수 없었다. 비포장길 곳곳에 정체 모를 야생동

물의 발자국도 보여서 혹시나 공격받지 않을까 무섭기도 했고, 무엇보다 오늘 잘 숙소도 아직 못 구한 상태여서 멘탈을 잡기가 쉽지 않았다.

다행히도 진흙탕 길에서 무사히 빠져나왔고, 몸도 마음도 피폐해진 상태로 60km 남짓을 더 달려 해 질 무렵 Gainesville에 도착했다. 결국 Warmshowers를 못 구해서 마당에 텐트를 치고 잘 생각으로 집 몇 곳을 돌아다니며 허락을 구해보기로 했다. 일단 처음 갔던 집에서는 거절당했고, 두 번째로 시도하려고 하는데 어떤 트럭이 우리 옆에 차를 세우더니 말을 걸어왔다. 30분 전 길에서 우리를 봤고, Warmshowers 호스트인 그의 친구에게 우리 이야기를 하니 그 친구는 일이 있어 우리를 맞을 수 없다고 했단다. 그래서 자기 부인에게 허락을 맡은 뒤 우리를 찾으러 차를 타고 다시 나왔고, 괜찮으면 자기 집으로 가자고 했다. 우리 입장에서는 거절할 수가 없는 도움이었고, 덕분에 따뜻한 물로 샤워도 하고 맛있는 저녁도 먹었으며 편안한 침대에서 푹 쉴 수 있게 되었다.

우리가 만약 오늘 진흙에 갇히지 않았다면 그렇게 만나지 못했을 것이다. 또 잠깐 쉬었던 동네에서 하루 자기로 했다면 역시 이렇게 만나지 못했을 것이다. 인연이란 게 정말 신기하다. 이 상황을 어떻게 표현해야 할지 적당한 표현이 생각이 안 난다. 일기를 쓰는 지금도 이게 가능한 상황인지 믿기지 않고, 영화 같은 일이 벌어진 것만 같다. 오후까지만 해도 정말 안 풀려도 너무 안 풀려서 '오늘은 최악의 날이구나' 생각했는데, 최고의 저녁을 더 극적으로 선사하기 위한 빌드업이 아니었나 싶다.

Gainesville, AL — Philadelphia, MS (82km)

맞바람을 뚫고 Mississippi로

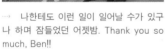

··· 나한테도 이런 일이 일어날 수가 있구나 하며 잠들었던 어젯밤. Thank you so much, Ben!!

바람이 정말 최악이었다. Highway 16만 80km 타는 내내 맞바람이었다. 평지에서 밟는데도 평속 15km/h밖에 안 나왔다. 평소엔 19~20km/h 정도 나오는데···. 내리막에서도 바람이 어찌나 심한지 속도가 20km/h를 못 넘길 정도였다. 그리고 차도 옆 숄더도 좁은데 바로 옆으로 큰 트럭들이 얼마나 지나다니는지 쌩쌩 지나갈 때마다 자전거가 휘청거렸다. 길은 쭉 뻗어서 나쁘지 않았는데, 바람만 조금 덜 불었으면 얼마나 좋았을까! 바람은 뭐 누굴 탓할 수도 없고 참 애매하다. 바람 방향을 내 맘대로 바꿀 수 있고 켰다 껐다 할 수 있으면 좋겠다는 생각이 든다. 탈 때는 뒤에서 불어오게 하고 쉴 때는 선선하게 약풍으로.

⋯﹥ 아홉 번째 주. Hello, Mississippi!

⋯﹥ 오랜만에 숙소를 잡고 월마트를 털었다. 오늘도 양이 다소 과했던 것 같긴 한데, 그래도 모자란 것보다는 낫다.

Philadelphia, MS — Ridgeland, MS (117km)

Welcome to Natchez Trace!!

드디어 Natchez Trace 진입. 여행 초반부터 노래를 불렀던 곳인데 결국 오긴 왔구나. 처음 계획은 Trail 시작지점인 Nashville부터 타려고 했지만, Kentucky 주를 안 가게 된 관계로 중간부터 타게 되었다. 예상대로 길도 좋고 경치도 좋고 쫓아오는 개도 없어서 좋은데, 생각보다는 차가 많다. 상업적

용도의 차만 못 다니게 되어 있고 자가용이나 RV는 허용되는 길이었다. (자전거 타는 사람은 1명도 못 봤다) 그래도 길가 숄더에 Rumble도 없고 큰 트럭도 안 다녀서 자전거를 타기엔 아주 편했다. Natchez Trace를 벗어나면 LA 갈 때까지 Trail 길이 없다는데, 벌써 미국 횡단 마지막 Trail이라는 게 섭섭하다.

오늘처럼 늦게 도착했어도 잘 곳 있고 씻을 곳 있으면 정말 다행이고 맘이 편하지만, 해도 지고 잘 곳도 없는 상황은 생각하기도 싫다. 이제 날이 점점 추워지면 캠핑하기도 힘들 것이고, 서부는 여태 머물렀던 동부와는 상황이 다를 텐데 어떻게 될지 걱정이다. 물론 막상 닥치면 어떻게든 되겠지만 심적인 불안감과 스트레스는 피할 수 없을 것 같다. 불안한 상태로 자전거 타는 게 제일 싫은데…. 서부나 남쪽 지역은 날씨라도 따뜻했으면 좋겠다. 잘 곳을 못 구했을 때 야외에서 잘 수 있을 만큼만.

Ridgeland, MS — Rocky Springs, MS (84km)

첫 캠핑, 뭐든지 처음이 어려운 법

어렴풋이 나는 기억으로는 어릴 때 외할머니 집에서 봤던 밤하늘에 별이 정말 많았었는데, 여기도 그만큼 별이 정말 많다. 지구과학 시간에 교과서에서나 보던 딱 그 장면이다. 까만 밤하늘에 누가 별을 한 무더기 뿌려놓은 것 같다. 카메라로 별이랑 달을 예쁘게 찍고 싶었는데, 아직 카메라 사용이 서툴러서 1장도 못 건졌다. 그리고 이런 곳 와서는 밤에 술 한잔 마셔줘야 하는데, 모든 짐을 자전거에 싣고 움직이다 보니 장 볼 때 술은 무거워서 생각도 못 했다. 그래도 첫 캠핑치고는 만족스럽다. 다음번에 캠핑할 때는 고기도 굽고 술도 한잔하고 싶다.

새벽엔 더 추워지니까 윈드자켓도 입고 자야 할 것 같다. 휴대폰도 안 터지니 형이랑 이런저런 얘기나 좀 하다 자야지.

당장 내일도 잘 곳이 없는 것이 걱정되긴 하지만 그건 내일 걱정하자. 아직 오늘이 3시간 반이나 남았다. 그리고 옆 스폿에 캠핑 트레일러 끌고 오신 부부분들이 계시는데, 물이랑 귤같이 생긴 오렌지도 주셔서 맛있게 먹었다. 여행을 좋아한다면 캠핑카는 거의 모든 사람들의 버킷리스트일 것 같은데, 여기서는 웬만한 집엔 다 하나씩 있는 것 같다. 나도 나중에 늙어서 저런 여유와 차가 있다면 얼마나 좋을까. 열심히 살자!

⋯▸ 나무로 둘러싸인 숲속 캠핑장에 텐트 치고 데크에서 밥 해 먹는, '캠핑' 하면 상상했던 딱 그 그림이어서 자전거 타느라 피곤한 것도 잊고 들뜨기만 했던 것 같다.

⋯▸ 저녁식사로 해 먹었던 치킨 볶음밥과 너구리라면. 야외에서 먹어서 그런지 운치도 있고 맛있었는데⋯. 술을 좀 사 올걸.

Rocky Springs, MS — Natchez, MS (91km)

캠핑 후유증

⋯› 아침식사로 먹은 라면, 빵, 그리고 귤.
두 끼 연속 라면만 먹으니 따끈한 된장찌개
와 밥이 생각났다.

⋯› 스토브 연료도 애매하게 남았고 해서
귤을 구워봤다. 달궈질수록 귤 안에 있던 수
분이 껍질 밖으로 새어 나오면서 상큼한 향
이 퍼져 나왔다. 따뜻하게 먹는 귤 맛도 나
름 별미인 것 같다.

91km면 요즘 페이스나 체력치고는 많이 탄 것도 아닌데
오늘 유독 힘들고 피곤했다. 어제 캠핑을 해서 그런가? 잘 먹
고 잘 잔 것 같은데. 아니면 몸은 잘 못 먹고 잘 못 쉬었는데
내가 애써 괜찮은 척하는 건가. 어제부터 라면이랑 레토르트

식품만 계속 먹어서 그런지 뭔가 기운이 안 나는 느낌이었고, 마실 물도 부족해서 오늘 자전거 타는 동안에도 갈증 참느라 고생을 좀 했다. 그렇게 꾸역꾸역 타서 Natchez에 도착했는데, 근처에 Warmshowers도 전혀 없고 캠핑을 하자니 저녁에 비가 온대서 어쩔 수 없이 숙소를 잡았다. 요즘 들어 숙소를 자주 잡는 것 같긴 하지만, 따지고 보면 여행 시작하고 나서 (첫날 제외) 오늘 포함 세 번째밖에 안 된다. 어차피 나간 돈 아깝다고 생각하지 말고, 이왕 쉴 거 잘 먹고 잘 쉬자. 맥주 한 잔 마시고 푹 자고 내일부터 또 열심히 달려보자!

···→ "MAY USE FULL LANE"이 문구를 보면 왠지 마음이 편안해진다. 차 걱정하지 말고 자전거 편하게 타라고 안심시켜 주는 느낌이다.

···→ 숙소 근처 월마트에서 산 닭다리 16개 세트와 Bud Light 맥주. 하루종일 자전거만 타니 먹는 양도 확실히 많이 늘어난 것 같다.

Day 36 / 2017.10.28. Sat. / 완벽한 날씨

Natchez, MS — Jackson, LA (111km)

완벽한 날씨, 완벽한 하루

···▶ Our 10th State. Louisiana!! 1달 전쯤
엔 대서양을 뒤로하고 출발했는데, 이젠 멕
시코 만을 앞에 두고 있다. 구글 지도를 보면
여기까지 어떻게 왔나 싶다.

아주 완벽하고 만족스러운 하루였다. 초반부터 Highway
16을 탔는데 주말이라 그런지 차도 많이 없고 숄더도 꽤 넓
고 자전거 타기 딱 좋았다. 더군다나 바람도 거의 없어서 속
도도 잘 났다. 초반 60km 정도까지는 평균속도를 23km/h

정도로 꾸준히 유지했던 것 같고, 총 111km 탔는데 5시간 정도밖에 안 걸렸다. 어제 영양 보충도 하고 푹 쉬어서 컨디션이 아주 좋았다.

그리고 소름 돋았던 건, 오늘 여기서 같이 묵는 다른 게스트가 1명 더 있는데, 이 사람이 우리가 1달 전에 Mineral이라는 동네의 Warmshowers에서 신세 질 때 잠깐 만나 얘기했던 사람이었다. 1달 뒤 같은 Warmshowers에서 다시 만나다니, 인연이란 게 참 신기한 것 같다.

⋯ 오늘 Warmshowers 호스트분은 1999년부터 자전거 여행자들을 호스트 해오셨다고 하는데, 그래서 그런지 마당에 게스트들이 지내는 별채 같은 곳이 아예 따로 있었다.

⋯ 사방이 뚫린 야외에서 샤워를 하니 기분이 좀 이상했다. 그래도 따뜻한 물도 잘 나오고 부스가 나무이다 보니 일본에 있는 온천에 온 듯한 느낌이었다.

Jackson, LA — Gonzales, LA (79km)

심란했던 날

⋯ 오늘 길 상태는 정말 최악 중의 최악이었다. 바로 옆에는 차들이 쌩쌩 지나다니고 자갈, 유리 조각, 나무, 플라스틱 등 각종 쓰레기들이 도로에 깔려서 타이어를 쉴 새 없이 괴롭혔다. 우리 둘 다 펑크 한 번 안 난 게 기적이었다. 도로 사정 신경 쓰고 펑크 걱정하느라 카메라 꺼내서 사진 찍을 생각조차 못했고, 그래서 오늘 사진이 1장밖에 없다. 사진 안의 표정은 밝지만 실제로는 상당히 힘든 상태였다.

생각이 너무 많다. 생각이 너무 많고 그 생각들이 다 얽히고설켜서 정리가 안 된다. 내일 New Orleans 가는 길은 괜찮을지, Warmshowers 호스트가 1명이라도 연락이 올지, New Orleans에서 나쁜 일 생기지는 않을지, New Orleans에서

Houston까지는 버스를 탈지 기차를 탈지 자전거를 탈지, 기차를 타면 돈을 너무 많이 쓰는 건 아닐지, 자전거를 타면 일정이 너무 길어지진 않을지, Houston에서 Tucson까지는 기차를 탈 것 같지만 Tucson에서 Grand Canyon 쪽으로 이동하면서 너무 춥지는 않을지, 곰을 만나지는 않을지, 좋은 호스트들을 만날 수 있을지 등등…. 별의별 생각이 다 들면서 앞으로의 모든 일이 걱정으로 다가왔다. 긴 여행의 반환점이 보이고 있고 이제 페달 밟는 일만 남은 줄 알았는데 아직 넘어야 할 산이 너무 많게 느껴졌다. 내가 너무 쓸데없이 걱정하는 건가? 하긴 요즘 들어 예전만큼 편하게 못 자고 못 먹기도 했고, 당장 오늘 잘 곳도 못 구하고 그래서 불안과 걱정이 이만큼 쌓인 건가 싶다.

근데 이게 당연한 것 아닐까. 사서 고생하려고 이 여행 온 건데? 매일 좋은 곳에서만 자고 좋은 음식만 먹고 다니면 자전거 들고 미국까지 온 의미가 있을까? 벌써부터 너무 멀리 생각하지 말자. 오늘 아무리 밤새 머리 싸매고 고민해 봐야 정해지는 건 아무것도 없고, 여태 그랬듯이 가만히 있어도 시간이 도와주는 경우도 많다. 내일 아침에 눈 뜨고 fresh해진 머리로 다시 생각해 보면 해결책이 생길 수도 있지 않을까. 일단 오늘도 무사히 마무리했으니 푹 자자. 내일은 제발 길이 좀 깨끗했으면 좋겠다.

Gonzales, LA — New Orleans, LA (29km)

엉킨 실타래가 풀리듯

"사필귀정事必歸正"이라는 말이 있듯이, 모든 일은 바르게 돌아가게 되어 있는 것 같다. 오늘 아침까지 Warmshowers 가 안 구해지면 New Orleans는 당일치기로 본 후에 Benzi 아저씨 집에서 하루 더 자고 Houston으로 출발할 생각이었고, 아침에 1명만 더 연락해 보자는 심정으로 메시지를 보냈는데 거의 바로 연락이 왔다. New Orleans 중심이랑은 좀 떨어져 있긴 한데, 호스트는 집에 없고 집 청소를 못 해서 더러울 수도 있지만 괜찮으면 지내고 가도 된다고 했다. 이렇게 되면 우리 입장에서는 편하게 하루 쉬다 갈 수 있게 돼서 가장 좋은 상황이 펼쳐진 셈이다. 자전거는 집에 놔두고 맘 편히 밖에 구경하러 다닐 수 있을 것 같다. 어젯밤만 해도 이런저런 생각으로 골치가 아팠는데, 내일은 오랜만에 Offday이

기도 하고 New Orleans 구경할 생각에 기분이 조금 풀린 것
같다. 시내 가서 구경도 많이 하고 맛있는 거 실컷 먹고 푹
쉬다 오자.

그리고 오랫동안 고민한 결과, 미국 동부&남부 여행은
Houston을 끝으로 마무리하고, Arizona 주 Tucson이라는
도시까지는 기차로 이동하기로 형과 결정했다. 물론 반칙일
수도 있지만, 귀국일까지 한정된 시간을 조금 더 알차고 효
율적으로 사용하고 싶었고, Grand Canyon을 비롯한 서부의
광활한 대자연의 품에 조금이라도 더 오래, 여유롭게, 깊숙이
안기고 싶어서 기차를 타고 시간을 벌기로 했다. 비록 '100%
횡단'은 아니게 되었지만, 서부에 더 오래 있는 만큼 더 많이
보고 느끼고 경험할 수 있을 것이라 믿는다.

⋯〉 강 따라 시원하게 쭉 뻗은 Mississippi
River Trail.

⋯〉 New Orleans 호스트 집에서 만들어
먹은 저녁식사. 메인 메뉴는 냉동피자인데,
따로 산 베이컨이랑 치즈를 더 올려서 업그
레이드시켰다. 치즈가 올라간 피자인지 피
자 위에 올라간 치즈인지⋯.

New Orleans, LA — Gonzales, LA (29km)

Offday in New Orleans

New Orleans, 생각보다 좋았다. 도시에 대해 안 좋은 소문 (인종차별 관련)을 들은 게 있어서 조금 긴장하긴 했지만, 다행히 그런 일은 한 번도 없었고 잘 먹고 잘 보고 잘 놀다 왔다. 물론 우리가 운이 좋았던 걸 수도 있지만. 그리고 딱히 특정한 장소가 좋았다는 것 보다, 그냥 그 도시의 전체적인 분위기가 좋았다. 맑고 파란 하늘 아래 거리엔 여행객들과 현지인들이 뒤섞여 북적였고, 광장이나 공원 같은 곳에 앉아 그림 그리는 사람들도 많았으며, 아무 길이나 걷기만 해도 버스커들이 연주하는 재즈 음악이 들렸다. 80여 일간의 긴 여행을 하고 있는 중이지만, 여행 속의 여행, 진짜 관광지에서의 여행을 하는 기분이었다. 이제 New Orleans는 좋은 기억으로 남겼으니 내일부터의 라이딩도 다치지 않고 재밌게 계속 이어나갔으면 좋겠다. 내일도 파이팅!

⋯ 아침에 스타벅스 커피를 사 들고 New Orleans 도심까지 걸었다. Washington D.C 이후로 거의 1달 만의 여유였다.

⋯ Welcome to New Orleans!!

⋯ 미국 남부를 대표하는 음식이라고 할 수 있는 Poboy. 색다른 메뉴를 먹어보고 싶어서 악어고기가 들어간 Poboy를 골랐는데, 닭고기라고 해도 믿을 정도로 비슷했고 무난한 식감이었다. (닭다리살과 닭가슴살의 중간 정도)

⋯ New Orleans에서 흔하게 볼 수 있는 길거리 재즈 뮤지션들. 음악도 물론 좋지만 저 활기와 여유가 너무 부럽고 멋있었다.

⋯〉 New Orleans에서 제일 유명한 카페인 Cafè Du Monde. 커피 두 잔과 빵 네 조각에 9달러로, 착한 가격이 우선 맘에 든다. 커피는 라떼와 비슷했는데, 라떼보다는 커피 맛이 덜 났고, 마시고 나면 우유가 입 안에 남는 느낌도 없어서 아주 부드럽고 깔끔한 맛이었다.

⋯〉 사실 저 흰 가루는 특별한 '맛'이라는 게 없었는데(無 맛), 빵을 씹을수록 단맛이 어디선가 새어 나왔다. 빵 속에 든 것도 없는데 단맛이라니. 신기했다.

⋯〉 Mississippi 강을 배경으로 오랜만에 형과 함께.

⋯〉 해 질 무렵 숙소로 돌아가는 길. 알찬 하루였다.

Gonzales, LA — Opelousas, LA (0km)

November Rain

⋯▸ 하늘에 구멍이 난 듯이 비가 왔다. 남부 지역이라 그런지 다른 지역보다 비 오는 양이 확실히 많은 것 같다. 덕분에 오늘부터 다시 라이딩 출발하려고 했던 계획도 취소⋯.

⋯⟩ 3일 동안 정말 많이 도와주셨던 Benji 아저씨. 일이 바뻐셔서 집에는 거의 안 계셨지만 음식들을 냉장고에 가득 채워주시면서 지내는 동안 음식 해 먹으면서 편하게 지내라고 배려해 주시고, 오늘도 비가 와서 자전거를 못 타니 Opelousas까지 차로 태워주셨다. 여행이 끝난 지금도 가장 기억에 남는 호스트 중 1명이다.

오늘의 Warmshowers는 공사 중인 어떤 집 안이다. 폐가는 아닌 것 같고, 사람이 살다가 나가서 공사 중인 것 같다. 그래도 실외가 아닌 게 어디인가 싶다. 오늘은 자전거를 안타서 샤워를 안 해도 된다는 점은 불행 중 다행이다. 여행 초반에 목조 건물 안에서 텐트 치고 잤던 Mineral 동네가 생각이 난다. 거긴 새벽에 너무 추웠었는데, 그래도 여기는 남부 지역이기도 하고 주택 건물 안이라 그리 춥지는 않을 것 같다. 빨리 자고 내일 갈 길도 먼데 최대한 일찍 출발해야겠다.

(예상 거리 160km)

Opelousas, LA — Sulphur, LA (163km)

8hr 37min, 162.91km

공사 중이던 그 집에서 도망치듯이 나온 후 아침도 제대로 못 먹고 8시부터 페달을 밟았다. 갈 길이 멀어서 부지런히 밟았다. 점심시간 제외하고 총 8시간 반 정도 타서 6시에 도착했는데, 오늘 탄 거리에 162.91km가 찍혀 있었다. 미국 횡단 여행 시작한 뒤로 제일 오래, 많이 탄 기록이다. 어젯밤이랑 오늘 아침까지만 해도 '이 거리를 갈 수 있을까' 했지만, '언제쯤 도착할까' 하면서 이런저런 생각을 하면서 타다 보니 어느새 도착해 있었다. 기계처럼 페달만 밟아서 그런지, 솔직히 힘들다는 생각이 딱히 들지는 않았다. 이제 40일을 넘겼으니 반환점은 돈 셈이고, 온 만큼만 가자. 체력은 충분히 올라왔고, 멘탈만 잘 잡으면 LA까지는 충분히 갈 수 있을 것 같다!

⋯ 도착 후 최장거리 기록 기념 셀카. 40일 전 미국 도착 후 첫 라이딩 날이 기억난다. 겨우 80km 타고 힘들어서 거의 쓰러지기 직전이었는데, 체감상으로는 그때가 더 힘들었던 것 같다. 그만큼 40일 동안 체력이 많이 좋아졌다는 뜻이겠지?

⋯ 내가 하루 만에 이 거리를 탔다고 생각하니 조금은 무섭기도 하면서 뿌듯하다. 사실 어떻게 탔는지 기억이 잘 안 난다. 은근히 시간이 빨리 간 것 같기도 하고⋯.

Sulphur, LA — Beamont, TX (95km)

펑크가 만들어준 기적

오늘 있었던 일을 어떻게 설명해야 할까. 사람 일은 정말 어떻게 될지 아무도 모르는 것 같다. 오전만 해도 최악의 컨디션이었다. 어제 163km나 타고도 저녁도 제대로 못 먹었고 (호스트가 집에 없었다) 거실 바닥에서 대충 자고 일어나서 아침 식사도 못 한 상태로 바로 달렸다. 너무 배고프고 힘들었지만, 늘 그랬듯이 조금만 가다 보면 맥도날드나 버거킹이 있을 거라 생각하고 일단 출발했다. 하지만 30, 40km를 타는 동안 아무것도 없었다. 주유소 옆에 딸린 작은 마트조차도 없었다. 자전거 여행 시작한 뒤로 라이딩 첫날 다음으로 제일 힘들었던 것 같다. 오늘 타야 하는 길인 125km가 절대 짧은 거리도 아니고, 체력적, 정신적으로 에너지가 바닥을 보이고 있어서 그런지 시간도 잘 안 갔던 것 같다.

⋯→ 11th state, Texas!! 말로만 듣던 Texas를 오다니.

다행히 50km를 조금 넘기니 Texas 주에 진입했고, 얼마 안 가 주유소 옆 작은 마트가 보여서 빵, 우유, 음료수, 물, 초코바를 사 먹고 급한 허기를 달랬다. 사막 한가운데서 오아시스를 찾으면 이런 느낌일까 싶다.

30분 정도 쉬고 다시 출발해서 70km 정도 탔을 즈음, Texas의 부산(Busan)스러운 교통문화를 온몸으로 체험하며 가는 중에, 교차로 신호등 앞에서 신호대기 중인 자전거 여행자를 만났다. 이 분도 자전거와 짐을 보니 우리와 비슷한 여행을 하고 있는 것처럼 보였다. 간단히 인사를 나눴고, 마침 오늘 가는 방향이 비슷해서 Beamont 근처까지 같이 타기로 했다.

···· 우연히 만난 자전거 여행객, Aziz (오른쪽). 햄버거집에서 점심도 같이 먹으면서 이런저런 얘기를 했는데, 사우디에서 왔고 미국에서 산 지는 6년 정도 되었으며 철학을 공부하고 있다고 했다.

Beamont 근처까지 왔는데, 여기서 문제가 발생했다. 며칠 간 잠잠하던 형 자전거 뒷바퀴에 또 펑크가 났다. Aziz가 여분 튜브가 하나 있대서 쉽게 마무리되는 줄 알았는데, 타이어 안쪽에 박혀 있던 작은 철사가 또 펑크를 냈다. 튜브 바람 빠지듯 내 기운도 한순간에 빠져버렸다. 잘 보이지도 않는 구멍을 찾고 임시로 패치를 붙인 후 튜브와 타이어를 다시 끼워서 남은 30km를 더 탈 생각을 하니 막막한 한숨만 나왔다.

그때, SUV 차 한 대가 우리 옆에 섰다. 일을 마친 후 퇴근길이셨는데, 길가에서 자전거를 고치고 있는 우리를 보고 도와주고 싶어서 차를 세운 거라고 하셨다. (Michael 아저씨) 우선 여기서는 더 이상 고칠 방법이 없었기 때문에, 자전거 세 대와 모든 짐을 차 안에 구겨 넣고 바이크 샵으로 출발했다.

이때만 해도 그냥 바이크 샵 가서 튜브만 교체하고 헤어질 줄 알았다. 그럴 줄 알았는데, 샵 사장님이 근처 레스토랑에서 쓸 수 있는 20달러짜리 바우처도 주시고, 튜브랑 타이어까지 전부 공짜로 바꿔주셨다. 엄연히 장사하는 가게인데 이래도 되는 건가 싶었다. (얼핏 봤는데 타이어 하나만 해도 60달러가 넘었던 것 같다) 보답이라기엔 민망할 정도로 너무 작은 우리의 기념 오프너를 드렸는데, 너희를 기억할 수 있는 선물을 줘서 고맙다고 하시며 너무 마음에 들어 하셔서 마음이 한결 가벼워졌다.

⋯⋯ Bicyclesports (5.0 ★★★★★)
맨 왼쪽이 사우디 형 Aziz, 가운데가 샵 사장님, 그리고 맨 오른쪽이 생명의 은인
Michael 아저씨.

샵에서 받은 바우처도 쓸 겸 Michael 아저씨, Aziz와 같이 멋진 레스토랑에서 저녁식사도 했는데, 식사 중에 아저씨가 갑자기 헛웃음을 내뱉으시면서 하신 말씀이 생각난다. 운전 중에 우리를 발견했을 때만 해도 '길바닥에서 쟤들 뭐 하고 있는 거지? So stupid!'라고 생각했는데, 그 외국인 3명이랑 레스토랑에서 스테이크를 썰고 있는 상황이 재밌다고 하셨다. 생각해 보니 상황이 웃기긴 하다. 또 아까 아저씨가 하신 말씀이, 원래는 출퇴근할 때 SUV를 안 쓰시는데 오늘은

그냥 아무 이유 없이 SUV를 타고 나오신 거라 하셨다. 그 길 가에서 펑크가 안 났다면, 길에서 Aziz를 안 만났다면, 주유소에서 옆길로 갔다면, 30분만 늦게 출발했다면, 그리고 아저씨가 오늘 SUV 차를 안 타고 오셨다면 이 소중한 인연과 추억을 만들 수 있었을까. 우연이라기엔 너무 과분해서 필연에 더 가까운 것 같고, 정말 소중한 하루였다.

··· 애피타이저로 나온 Mushroom fries. 바삭바삭한 튀김옷을 씹으면 버섯 특유의 촉촉하고 부드러운 식감과 향이 입 안에서 터져 나오는 게 일품이었다. 우리나라에서 치킨 시키면 감자튀김 곁들여져 나오는 것처럼, 몇 개 튀겨서 치킨 옆자리를 조금 내어줘도 괜찮지 않을까 하는 생각이 든다.

··· 살면서 텍사스 스테이크를 먹어보다니···. 설명이 필요할까. 미국 온 이후로 매일 월마트 샐러드, 맥도날드 햄버거만 먹어서 이렇게 좋은 레스토랑에는 한 번도 못 와봤는데, 이렇게 멋진 곳에서 맛있는 스테이크를 먹게 해준 타이어 펑크의 주인인 동석이 형에게 너무 고맙다.

Beaumont, TX — Kingwood, TX (125km)

Entering Houston

어젯밤에 들렸던 '쉬이익~' 하는 소리는 타이어 바람 빠지는 소리가 맞았다. 새 튜브에 새 타이어였고, 자전거에 끼우지도 않고 바닥에 기대서 세워놨기 때문에 펑크가 날 리는 절대 없다고 생각했는데. 타이어를 빼보니까 튜브가 접혔던지 어딘가에 낀 상태로 고압 때문에 펑크가 났고 구멍이 크게 나 있었다. 여분 튜브도 다 상태가 좋지 않아서 우선 패치로 메꾸고 어제 갔던 샵으로 갔다. 가게 오픈 시간 전인데도 기꺼이 열어주셨고, 형 앞, 뒤 튜브와 내 뒤 튜브까지 새것으로 교체한 후에 여분의 튜브도 하나씩 주셨다. 어제부터 받은 걸 가격으로 따지면 꽤 비쌀 텐데 너무 받기만 해서 다시한번 죄송하고 감사했다.

신경 쓰이던 뒷바퀴 튜브도 갈고 체인에 오일도 칠하고

마음이 편해서 그런지 라이딩은 전체적으로 무난했던 것 같다. 10km쯤에서 이른 점심 먹고 12시부터만 거의 115km 탄 셈인데 이 정도면 잘 탔다고 해도 될 것 같다. 그리고 운 좋게도 오늘 Warmshowers가 호텔로 치면 거의 5성급이다. 최근 들어 야외에서 잔 적도 많고 최장거리도 타고 밥도 제대로 못 먹은 적이 많았는데, 오늘은 호스트분들도 우리를 아들 대하듯이 많이 챙겨주시고, 맛있는 저녁식사에 빵빵한 와이파이와 귀여운 고양이, 그리고 빨래도 오랜만에 하고 개별 방에 개별 싱글 침대까지! 며칠 고생했으니 푹 쉬라고 보상받는 기분이었다. 내일 가야 할 길이 멀지 않으니 오전엔 푹 쉬다가 점심때쯤 출발해도 될 것 같다. Good night!

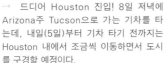

⋯› 드디어 Houston 진입! 8일 저녁에 Arizona주 Tucson으로 가는 기차를 타는데, 내일(5일)부터 기차 타기 전까지는 Houston 내에서 조금씩 이동하면서 도시를 구경할 예정이다.

Kingwood, TX — South Houston, TX (34km)

두통

자고 일어나니 시간이 1시간 느려져 있었다. 어젯밤에 호스트 아저씨가 얘기해 주신 대로 Daylight Saving Time 때문에 낮이 짧아지는 겨울을 대비해 미국 전역의 시간을 1시간 뒤로 늦춘 것이다. 그러니까 여기 시간은 1시간이 느려지고 한국 시각은 그대로니까 15시간이 차이 나게 되는 것이다. 그러면 이 제도를 몇 번씩 계속 반복하면 언젠가는 한국과의 시차가 100, 200시간씩 발생하는 것 아닌가? 하는 걱정을 잠깐 했지만 쓸데없는 걱정이었다. 봄이 되면 다시 원래대로 돌린다고 한다. 내가 생각해도 정말 멍청하고 한심한 걱정이었다. 똑같은 생각을 하는 사람이 나 말고 1명쯤은 또 있겠지. 어쨌든 그렇게 1시간을 공짜로 얻고 일어나서, 갈 길도 멀지 않은 덕에 아침도 느긋하게 먹고 빨래도 하고 뒹굴거리다가 집안일도 도와드리고 12시 정도에 출발했다.

　Kingwood에서 South Houston까지 오는 길은 정말로 최악 중 최악이었다. Houston 도심을 가로지르는 루트였는데, 차들이 쌩쌩 다니는 고가도로가 몇 겹씩 뒤엉켜 있고 날씨도 너무 덥고 차들 신경 쓰느라 땀 닦으랴 길 체크 하랴 하루종일 신경이 곤두서 있어서 (기가 빨렸다는 표현이 맞을 것 같다) 미국 와서 처음으로 두통을 겪었다. 그런 길을 30km쯤 탔는데, 형 자전거가 또 말썽이었다. 페달을 앞으로 돌리면 체인이 그 힘을 뒷바퀴에 전달해야 하는데, 뒷바퀴 기어가 휠 프레임에 고정되지 않고 헛도는 상황이라 아무리 페달을 밟아도 앞으로 나갈 수가 없었다. 펑크는 이제 익숙해서 튜브 교체하는 건 눈 감고도 하지만, 이런 경우는 처음 겪는 상황이라 나도 형도 당황했고 결국 오늘 호스트 아저씨에게 픽업을 부탁했다. 다행히 흔쾌히 차를 끌고 나와주셨고 바이크 샵에 가서 고치고 집으로 왔다. (크게 넘어진 적도, 부딪힌 적도 없는데 갑자기 왜 그렇게 된 건지 아직도 모르겠다)

　내일은 우주 배경 SF영화에서 그렇게 Houston! Houston! 하며 찾아대던 NASA Johnson Space Center에 가는 날인데, 수학여행 가기 전날처럼 설렌다. 걱정되는 건 기념품 샵에서 자제를 못 할 것 같다는 점이다. 캐리어를 끌고 온 여행이었으

면 짐 걱정은 필요 없겠지만, 모든 짐을 자전거에 싣고 다녀
야 하니…. 몇 개 사더라도 최대한 가볍고 부피 작은 것으로
사자.

⋯   어떤 다리 위에서 본 Houston 도심. Houston이라는 '도시' 속에 있다는 것이 실감이 난다.

⋯   오늘 호스트 집 뒷마당에 있던 작은 수영장. 수영도 하고 신나게 놀았는데 그 순간만큼
은 세부에 있는 어느 리조트도 부럽지 않았다.

South Houston, TX — League City, TX (29km)

NASA Johnson Space Center

결국 머그컵을 하나 사고 말았다. 절대로 안 사야지, 안 사야지 하면서 기념품 샵에 갔는데 머그컵 하나에 꽂혀서 아폴로 패치, 나사 배지, 술잔 다 포기하고 P.R.O (우리 학과 로켓 동아리) 동아리방 문에 붙일 작은 스티커 하나랑 ("Failure is not an Option") 머그컵 하나만 샀다. 산 게 후회된다기보다 앞으로 남은 기간 동안 안 깨뜨리고 잘 들고 다닐 수 있을지 제일 걱정된다.

센터 구경하면서 든 생각은 딱 두 가지다. 첫째, 우리나라의 항공우주기술이 더 많이 발전해서 이 정도 퀄리티의 Space Center가 우리나라에도 들어섰으면 좋겠다. 지금도 항공우주박물관이 몇몇 지역에 있긴 하지만 여기에 비하면 턱없이 작고 부족하다. 센터에 딱 들어섰을 때 규모와 전시품들의 종류, 보존상태에 놀라서 입이 안 다물어질 만큼, 멍 때리고 가만히 서 있을 만큼의 시설과 전시품들이 생겼으면 좋겠다. 당연히 당장은 힘들겠지만, 시간이 조금 걸리더라도 언젠가는 꼭 만들어졌으면 좋겠다. 둘째, 죽기 전에 우주에 꼭 한 번만 가보고 싶다. 사실 가끔 자전거 타면서 이런저런 생각을 하다가 공상(空想) 정도의 수준까지 갔을 때, 우주인 선발 프로그램에 나가서 최종 선발되는 상상을 한 적도 있다. 우주에 가려면 어떤 루트가 제일 현실적일까. 졸업 후에 대학원을 가서 석박사를 딴다? 아니면 돈을 엄청나게 많이 벌어서 우주여행을 간다? 뭐든 간에 쉽지는 않을 것 같지만, 중학교 1학년 때 영화 〈아마겟돈〉을 보고 심장이 두근거리면서 우주비행사를 꿈꾸게 되었던, 그때의 기분을 오늘 다시 느낄 수 있었다.

⋯▸ 메인 전시관 들어가기 전에 보이는 Independence Plaza. 영화 〈아마겟돈〉에 나오는 그 스페이스 셔틀 인디펜던스호랑 같은 인디펜던스인가?

⋯▸ 메인 전시관 내부의 모습. 이곳뿐만 아니라 보고 체험할 수 있는 시설이나 전시물들이 정말 많았는데, 시간이 5시간밖에 없어서 타이트하게 돌아다녔다. 그리고 이 정도 퀄리티의 전시품, 규모임에도 불구하고 입장료가 고작 30달러밖에 안 한다는 게 믿기지 않았고, 솔직히 입장료가 100달러였어도 내 돈 내고 볼 만한 가치가 있는 곳이라 생각한다.

⋯▸ Apollo Mission Control Center 내부. 발사에 성공했거나 도킹이 완료되었을 때 박수치면서 기뻐하던 엔지니어들의 환호와 숨결이 이 공간 안에 조금은 남아 있겠지.

⋯▸ 인류가 달에 처음 갔을 때 사용했던 로켓인 Saturn V. 저 건물 안에 Saturn V 로켓이 통째로 누워 있었다.

⋯▸ 총 길이가 110m. 큰 로켓인 줄은 알았지만 실제로 보니 이렇게 클 줄이야. 1969년에 이렇게 큰 로켓을 만들어서 달에 사람을 보낸 엔지니어들이 정말 존경스럽다.

⋯▸ 1단 로켓 엔진 노즐부. 앞에 있는 사람을 보면 크기가 대충 감이 오겠지만, 저 큰 엔진을 5개나 클러스터링해 놓았다.

League City, TX — Houston, TX (53km)

끝은 곧 새로운 시작

드디어 내일 Tuscon으로 가는 기차를 타는데, 기분이 좀 오묘하다. 긴 여행이 끝나고 한국으로 돌아가기 전날의 기분이랄까. 겨울방학 계절학기로 2개월 정도 지냈던 영국에서 한국으로 돌아올 때도 비슷한 기분이었던 것 같고, 동남아 여행을 끝내고 세부에서 한국 오는 비행기 타기 전에도 이런 기분이었던 것 같다. 사실 내일모레부터 여행 속 또 다른 여행의 시작인데 왜 이런 기분이 드는지는 잘 모르겠다. 하긴 26시간 기차 타고 1,700km를 이동하는 게 짧은 거리도 아니고 거의 다른 나라 가는 거리니 그럴 만도 하다. Tuscon에 내리면 풍경이 어떨까? 여기랑 다르게 나무도 없고 선인장이랑 모래만 있을까? 사람들은 어떨까?

미국 도착한 날 얼 타던 기억과, 둘째 날 자전거 타면서 너무 힘들어서 죽을 것 같던 기억이 아직도 아직 생생하다. 그래도 그 뒤로는 차차 적응해 나가면서 익숙해졌고 딱히 힘들었던 건 없었던 것 같다. 매일매일 잘 곳을 구해야 한다는 점이 그나마 힘들었지만, 그래도 나름 잘해왔다. 거의 매일 Warmshowers를 구했고, 못 구했지만 운 좋게 실내에서 잔 적도 있고, 경찰서에서도 잤고 캠핑도 했다. 서부로 가면 환경이 아마 많이 달라질 것 같은데, 새로운 환경에 새로 적응할 준비를 해야 할 것 같다. 하지만 두려워하진 말자. 여태 45일 동안 그랬던 것처럼 막상 부딪치면 어떻게든 다 하게 되어 있고, 인간은 적응의 동물이다. Don't be scary, just be cautious!

⋯ 오늘의 Warmshowers 호스트인 Greg 아저씨가 저녁에 데려가 주신 Drew's BBQ. 텍사스 요리 하면 BBQ나 스테이크가 제일 유명하다던데 여기 주인아저씨는 BBQ 요리 대회에서 상도 타신 프로였다. 확실히 전문가라 그런지 고기(돼지, 소, 닭)가 전혀 질기거나 퍽퍽하지 않고 부드러우면서 향도 아주 고소하고 담백했다.

⋯ 스페인 디저트 가게 Tampico Refres-queria에서 먹은 Elote & Jicama. 콘치즈 같이 생긴 게 Elote인데, 콘치즈에 고춧가루를 조금 넣어서 살짝 맵게 만든 맛이었다. 치즈랑 마요네즈만 있었으면 느끼했을 것 같은데 고춧가루가 느끼함을 잘 잡아줬다. 그 옆에 있는 게 Jicama인데, 맛을 설명하자면 김장할 때 엄마 옆에서 몰래 고춧가루 묻은 배 조각 집어 먹는 맛이다. 실제로 저 과일도 배랑 비슷한 종류이긴 했다.

Part IV

Houston에서
Grand Canyon까지

Houston 출발

Good bye, Houston!

⋯ 비 오는 Houston의 야경. 비도 적당히 와서 운치 있게 감상하는 맛이 있었다.

어쩐지 오전부터 계속 구름이 잔뜩 끼고 쌀쌀하더라니,
타이밍이 기가 막히게 5시 반쯤 기차역으로 출발하려던 참에 비가 오기 시작했다. 하루종일 금방이라도 비 올 것처럼 흐리기만 하고 정작 비는 한 방울도 안 왔는데, 하필 출발할 때 비가 왔다. 다행히 오랫동안 많이 오는 비는 아니었고, 호스트 집에서 기차역까지 거리도 6~7km로 가까워서 무사히 기차역에 도착할 수 있었다. 그래도 재밌었다. 윈드자켓 입고 짐들이 다 젖지 않게 비닐에 싸고, 라이트도 켜고 비 맞으면서 자전거를 탔는데, 초·중학생 때 비가 쏟아지는 학교 모래 운동장에서 옷, 신발 다 버려가면서 쫄딱 젖고 신나게 소리 지르면서 축구 하던 기억이 떠올랐다. 덕분에 비구름이 잔뜩 껴서 감성 있는 Houston 야경도 봤고, 나름 낭만적이었다. 평소엔 비 오는 날은 자전거를 안 타니까 오늘 같은 날은 한 번 타 주는 것도 나쁘지는 않은 것 같다.

멋진 야경을 뒤로하고 Houston Amtrak station에 도착했는데, 내가 생각했던 기차역의 모습과는 많이 달랐다. Houston 인구가 400만 명 정도고 미국에서 네 번째로 큰 도시라고 하는데 (New York-LA-Chicago-Houston), 역사 크기가 중리역(내 고향인 마산 내서읍 중리에 있는 작은 기차역)만 했다. 솔직히 조금 실망하긴 했지만, 다시 생각해 보니 미국은 땅덩이가 너무 커서 기차를 타느니 비행기를 타는 게 훨씬 낫기 때문에 기차를 비롯한 육상 대중교통이 상대적으로 덜 발달하지 않았을까 싶다. 하지만 우리는 가난한 자전거 여행자이기 때문에 기차를 타야 한다. 이럴 때 아니면 언제 26시간 동안 1,700km 거리를 기차로 이동해 볼 일이 있을까. 한국에서는 꿈도 못 꿀 일이다. 비행기는 나중에 한국 갈 때 질리도록 탈 테니까 기차도 한번 질리도록 타보자.

··· Houston Amtrak Station의 대합실.

··· 티켓을 받으니 그래도 진짜 여행하는 것 같고 설레었다. 미국 기차는 어떨지도 궁금하다.

26시간 이동이라 침대 자리일 줄 알았는데 그냥 일반좌석이다. 그나마 다행인 건 우리나라 우등버스 좌석 퀄리티 정도는 된다는 것이다. (그래도 우등버스를 26시간 동안 타고 싶지는 않다) 비행기는 좁긴 해도 좌석 앞에 스크린이 있어서 영화라도 볼 수 있는데 여긴 아무것도 없고 오직 핸드폰뿐이라 뭐 하면서 시간을 보낼지 걱정이다. 일단 오랜만에 이어폰 끼고 노래나 실컷 듣자. 잘 있어라, Houston!

Tucson 도착

당분간은 기차를 안 타도 될 것 같아

⋯▸ 오전에 잠깐 쉬어갔던 Alpine Station. 대기시간이 꽤 길어서 스트레칭도 하고 잠 깐이나마 맑은 공기도 쐴 수 있었다. 날씨는 변기 막힌 듯 하늘이 구름으로 꽉 막혀있 더니, Texas를 벗어나자마자 한순간에 맑아졌다.

오전 11시 반, 기차 안이다. 그런대로 잠은 잘 잔 것 같다.

중간에 몇 번 깨긴 했지만 좌석도 꽤 넓고 생각보다 편해서 나름 잘 잔 것 같다. 근데 7시쯤 깨고 처음 봤던 풍경이 11시 반인 지금도 그대로다. 정말 아무것도 없다. 영화에서 보던 미국 Texas 한가운데 사막 그대로다. 끝없는 지평선과 살아 있는지 죽어 있는지 모를 나무들, 그리고 베이지색 모래와 돌들. 중요한 건 이 풍경을 11시간이나 더 봐야 한다는 점이다. 물론 기차가 느려서 오래 걸리는 것이기도 하지만, 미국이라는 나라가 정말 크긴 크구나 싶었다.

가끔 찻길이 보이곤 하는데, 저기서 자전거를 탔다면 어땠을까 상상해 보면 정말 막막할 것 같다. 차도 안 다니고 저 넓은 들판에 나랑 자전거만 있고, 식량을 구할 곳이나 사람 사는 곳은 언제 나올지 전혀 모른다. 물론 그 생활도 적응하고 살아남으면 얻는 게 없지는 않겠지만, 그 대신 여기서 시간을 좀 벌고 서부에서 좀 더 여유롭게 쓰고 싶다. 기차 탄건 잘한 선택인 것 같다.

··· 기차 내부의 라운지 칸. 천장 바닥 빼고는 다 창문이어서 바깥 풍경을 구경하면서 갈 수 있었다. 이어폰을 끼고 노래를 들으면서 풍경을 감상했는데, 매 순간이 뮤직비디오의 한 장면 같았다

··· 풍경이 보면 볼수록 장관이다. 이 넓은 땅을 어떻게 활용할 방법은 없을까? 있다면 대박일 텐데. 하긴 없으니까 2017년 여태까지 그대로겠지? 아니면 굳이 이 땅을 활용할 필요가 없는 건가? 다양한 용도로 활용 가능한 다른 땅들이 충분히 많으니까?

밤 9시. Tucson에 내려서 오늘의 호스트인 Charles 집에 도착했다. 오늘 하루종일 공부하다 와서 피곤하다고 하면서도 우리 배고플까 봐 요리도 해주고 다 먹을 때까지 옆에 같이 앉아 있어 줬다. 우리를 배려해 주는 마음이 너무 따뜻해서 고마웠다. 여행 얘기를 잠깐 했는데, 24~25살 때 2년 동안 태국에서 시작해서 영국 찍고 다시 남아공까지 여행했다고 한다. 물론 자전거로…. 난 못할 것 같다. 하여튼 오늘은 너무 피곤하니 이만 잔다. 내일은 서부의 환경에 적응도 할 겸 푹 쉬고 모레부터 달리자.

⋯ Tucson에 도착한 후 자전거를 세팅 중이다. 의자가 편해서 26시간 기차 여행을 한 것 치곤 컨디션이 나쁘지 않았다. 그래도 당분간 기차 여행은 안 해도 될 것 같다.

11월의 여름

26시간의 긴 기차 여행으로 인한 피로도 풀고, 37일&2,000km 남짓 남은 일정을 두고 조금 더 좋은 컨디션으로 서부일정을 시작하기 위해서 Offday를 보냈다. 1시간씩 찔끔찔끔 변하는 시차 덕에 늦잠다운 늦잠도 자지 못하고 7시쯤 깼다. 1~2시간쯤 누워서 뒹굴뒹굴하다가 햄버거 재료들을 사기 위해 샤워를 하고 나갔는데, 어젯밤에는 어둡고 피곤해서 느끼지 못한 새로운 공간에 왔음을 느낄 수 있었다. 기차로 장거리를 점프한 탓에 그 차이가 더 크게 느껴졌던 것 같다. 잔디 대신 모래와 자갈, 초록빛 나무와 풀 대신 열대 나무와 선인장, 저 멀리 보이는 회색빛 황갈색 높은 산 등이 내가 '미 서부'에 왔음을 실감케 했다.

⋯→ 서부의 또 한 가지 큰 특징 중의 하나가 바로 선인장이다. 영화에서나 보던 키보다 큰 선인장이 그냥 걷다 보면 보인다. 나중에 안 사실이지만 이 선인장은 Arizona 주를 못 벗어나도록 되어 있다고 한다.

⋯→ 11월인데도 반팔, 반바지를 입고 다닐 정도로 덥고 건조했다. 11월의 여름이었다.

⋯→ 점심으로 먹었던 수제버거의 재료들을 세팅해 놓은 모습. 구운 패티, 슬라이스 토마토, 피클, 렌치 소스(?).

⋯→ 빵 사이에 취향대로 재료를 넣으면 완성. 질기지 않게 적당히 구워진 소고기 패티와 두껍게 통으로 썬 토마토가 인상적이었다. 슬라이스 치즈를 비용 추가 생각 안 하고 넣고 싶은 만큼 넣을 수 있다는 것이 만족스러웠다. 솔직히 맥도날드, 버거킹 같은 프랜차이즈 햄버거와는 비교할 바가 못 되지만, 아직도 가끔 생각나는 추억의 맛이다.

Tucson, AZ — Maricopa, AZ (148km)

어서 와, 서부에서의 라이딩은 처음이지?

말 그대로 사막이다. 아직 본격적인 사막은 아닌 건지 아니면 이미 그 중심인진 모르겠지만, 사막이 어떤 곳인지 느끼기엔 충분했다. 11월인데도 햇볕이 정말 뜨거웠고 더울 지경이었으며 공기는 너무 건조해서 입 속과 입술, 콧속이 빠짝빠짝 말라갔다. 물론 다행인 건 공기가 습하지는 않아서 땀이 비 오듯 오지는 않는다는 점이다. 내가 땀이 많은 체질이라 습한 날씨보단 건조한 게 백배 천배 낫다. 서부에서의 라이딩은 처음이라 처음 접하는 환경에 대해 조금 걱정을 하긴 했지만, 첫날치고는 다소 성공적이었던 것 같다. 다른 건 모르겠지만 날씨만큼은 하루 이틀 더 타면 거의 다 적응할 것 같다.

오늘 라이딩하는 내내 49일 전 New York에서의 기분과 비슷한 기분이었다. 장거리를 점프했기도 하고, 날씨를 비롯한 모든 환경, 풍경들이 너무 갑자기 바뀌어 버려서 낯설고 아직 적응하지 못한 것들에서 오는 두려움. 앞으로 갈 길이 먼 오르막길처럼 얼마나 힘든지 잘 알고 있는 익숙한 것들에서 오는 긴장감. 그리고 우리를 완전히 압도할 대자연이 내 눈앞에 놓일 시간들이 기다려지는 설렘. 이 세 가지 감정들이 오묘하게 잘 섞여 있는 것 같다. 마지막으로 귀국 비행기를 탈 날이 점점 빠르게 다가오고 있다는 초조함까지. 하지만 이런 다양한 감정들의 절묘한 조합이 나는 싫지만은 않았고, 아드레날린을 분비시켰다.

⋯⟩ 이 지역은 자전거의 천국 같았다. 시내에도 자전거길이 잘 놓여 있었고, 도시 외곽으로도 깔끔한 Trail들이 서로 겹치기도 하고 서로를 가로질러 가기도 하며 놓여 있었다.

⋯⟩ 두 산을 향해 1시간 넘게 달렸지만 제자리걸음하듯이 보이는 건 그대로였다. 넓은 사막과 저 산들을 어떻게 정복할지, 산들이 우리를 어떻게 맞이할지는 잘 모르겠지만, 도전해야 할 것이 있다는 사실이 우리 둘을 자극시키고 힘을 낼 수 있게 한다.

Maricopa, AZ — Anthem, AZ (115km)

10년 뒤에 난 뭘 하고 있을까

··· 어제 맛있는 저녁식사와 편안한 침대도 내어주신 Dick 할아버지 내외분과 함께. 명절에 오랜만에 만난 손자처럼 아낌없이 챙겨주셨다. 감사합니다!

··· 이 주택 단지는 입구에 게이트도 있고 단지 안에 분수에 연못까지···. 부자들이 사는 동네인 것 같다. 은퇴 후에 이런 곳에서 살면 얼마나 좋을까.

오늘의 Warmshowers 호스트이신 Brant 아저씨가 저녁 먹기 전에 한 Cyclist의 영상을 보여주셨는데, 어떤 네덜란드 사람이 자전거를 타고 네덜란드부터 시작해서 남아공까지, 그리고 비행기를 타고 캐나다로 가서 남미까지 자전거로 여행

하는 다큐멘터리였다. 주인공은 대학 졸업 후에 회사를 다니다가 그만두고 이 여행을 시작했다고 한다. 이유는 단지 "그냥 하고 싶어서"라고 하는데, 이게 내가 제일 걱정되고 두려운 부분이다. 물론 지금 심정으론 이 여행이 끝나면 4학년으로 복학하고 졸업 후엔 안정적인 직장에 취업하는 것이 큰 목표이지만, 가까운, 혹은 먼 미래에 내가 어떠한 이유로 하던 일을 접고 저렇게 홀쩍 떠나버릴까 봐 걱정이다. 그런 내 자신을 내가 감당할 수 있을까. 1~2년 전만 해도 미국 자전거 횡단 여행은 막연한 '꿈'이었지만 지금은 미국 Arizona 한복판에서 자전거를 타고 있는 것처럼, 언제가 될진 모르겠지만 나중에도 뭔가 새로운 도전을 할 것만 같은 느낌이 든다. 해외여행만 놓고 봐도 한 번도 안 가본 사람은 있어도 한 번만 가본 사람은 없다고 하지 않는가. 10년 뒤에 나는 뭘 하고 있을까.

⋯⋯ 오늘도 먼 산만 보고 달렸다. 저 산 너머엔 뭐가 있을까 생각하면서.

⋯⋯ Anthem 가는 길에 들른 Dick's Sporting Goods. 캠핑용품을 포함해 모든 종류의 스포츠용품들에 눈이 뒤집어졌다. (선글라스 하나 고르는 데 1시간이나 걸렸다⋯.)

Anthem, AZ — Prescott Valley, AZ (110km)

Expect the unexpected

첫 Freeway 라이딩. Anthem에서 Prescott Valley로 가는 길이 Freeway(Interstate 17)밖에 없어서 무섭긴 했지만 선택권이 없었다. 미국의 Freeway는 우리나라의 고속도로와 같은 개념이라, 차들이 100km/h 이상으로 쌩쌩 지나다닌다. 옵티머스 프라임으로 변신할 것만 같은 대형 트레일러가 옆을 지나갈 때는 차 바람 때문에 자전거가 휘청거릴 정도다. 그만큼 위험했기 때문에 긴장했던 라이딩이었고, 무사히 빠져나올 수 있어서 정말 다행이었다. 그래도 그나마 위로가 되었던 건 길 주변 경치가 정말 이뻤다는 것이다. Freeway만 60km 타는 내내 한 번도 쉬지 못했지만, 웅장한 자연 덕분에 사진도 많이 찍었고 힘들다는 생각을 많이 떨쳐낼 수 있었다.

⋯⟩ 오늘 길은 고도를 500m에서 1,500m까지 올리는 길이었는데, 오르막길 양옆으로는 금방이라도 바위가 굴러떨어질 것만 같은 황갈색 돌산이 끝없이 이어져 있었다.

⋯⟩ 오르막길이 끝나고 페달에서 발을 뗀 채 중력에 몸을 맡기고 내리막을 내려갈 때는 롤러코스터를 타는 기분이었다. 시원한 바람을 맞으면서 멋진 풍경을 여유롭게 눈에 담을 수 있는 롤러코스터는 여기밖에 없을 것 같다.

··· 어제 본 "Expect the un-expected"라는 말이 잘 와 닿았다. 곳곳에 숨겨진 이런 선물들이 모든 피로를 지워주는 것 같다.

그렇게 Freeway가 끝나고 Highway 69로 들어가기 직전, 늦은 점심을 해결하러 맥도날드에 들렀다. 자전거를 대고 주문을 했는데 어떤 아주머니가 아까 도로에서 봤다고 하시며 말을 걸어주셨고, New York에서 왔다고 하니 엄청 놀라시면서 같이 사진 1장 찍어도 될지 물어보셨다. Of course!! 50일 넘게 길바닥 생활 중이라 거지 꼴이었지만, 좋게 봐주셔서 감사했다. 그리고 직후에 또 다른 아주머니가 우리에게 오시더니 응원한다며 어떤 카드를 건네주셨다. 맥도날드 기프트카드였다. 너무 당황스러워서 형과 나 둘 다 서로 쳐다보면서 얼떨떨하게 굳어 있었는데, 큰 게 아니니 받으라고 하시며 우리 손에 쥐여주곤 떠나셨다. 10초도 안 되는 짧은 시간이었지만 우리를 생각해 주시는 그 마음을 느끼기엔 충분한 시간이었고, 여태 해왔던 고생에 대해 보상받는 느낌이었다. 배뿐만 아니라 마음까지 든든했던 점심 식사였다.

Prescott Valley, AZ — Cottonwood, AZ (60km)

오르막길

7,023ft (약 2,140m). 한라산보다 높이 올라갔다. 여행 출발 전에 형이랑 카페에서 루트 짰을 땐 저걸 어떻게 올라가냐며 징징댔었는데. 역시 일단 하니까 된다. 경치 구경하면서 사진도 찍고 꾸준히 페달을 밟다 보니 어느새 정상에 도착해 있었다. 30km 이후로는 고도 1,000m 정도 내려가는 내리막 구간이었는데, 멀리 보이는 경치가 정말 장관이었다. Grand Canyon같이 무슨 협곡처럼 생기긴 했는데 거리상 Grand Canyon은 아닌 것 같고 이름은 잘 모르겠다. 굽이굽이 내려가는 길 덕분에 경치가 계속 달라져서 사진 찍는다고 몇 번을 계속 멈췄는지 모르겠다. 타다가 멈춰서 찍고 다시 타고 멈추고를 수 없이 반복했지만, 계속 봐도 놀라움의 연속이었다. 하지만 아직 Grand Canyon, Horseshoe Bend, Antelope

Canyon에 비하면 예고편 정도밖에 안 되지 않을까.

⋯→ 초반 30km는 고도를 500m가량 올리는 오르막길이었는데, 경사가 완만해서 그런지 걱정했던 것만큼 힘들지는 않았던 것 같다.

⋯→ 7,023ft 정상 (2,140m) 도착.

Warmshowers 사이트에 도착한 후 호스트 내외분과 함께 동네 펍에서 진행하는 Beer School에 갔다. 맥주는 아주 좋아하지만 서양식 펍 분위기는 썩 좋아하지 않아서 처음엔 다소 내키지 않았고 펍에 도착했을 때까지만 해도 그랬지만, 앉아 있다 보니 신기하고 흥미로웠다. 가게 사장님으로 보이는 분이 마이크를 잡고 설명을 해주셨고, 손님들에게는 총 네 잔의 맛보기 맥주가 서빙되었다. 첫 번째는 체리향 과일 맥주였는데 맥주라기보다 음료수에 가까웠고, 두 번째는 그나마 익숙한 오렌지향+레몬향 맥주. 세 번째가 Double IPA(9.0%), 네 번째는 초콜릿+커피향 나는 흑맥주였다. 물론 맥주도 맥주지만 신기하고 새로운 경험을 해봤다는 것이 아주 만족스럽다. 우리끼리만 여행 다니면 이런 곳엔 올 생각도 못 했을 테고 이런 행사를 하는 줄도 몰랐겠지만, 우리나라와는 사뭇 다른 음주문화도 직접 느껴볼 수 있는 좋은 기회였다. 여기는 술이라는 '음료'를 맛으로 느끼고 배우며 즐기는 분위기였는데, 그래도 나는 아직까지는 우리나라 음주문화가 더 좋은 것 같다. 안주 하나 시키고 둘러앉아서 이런저런 얘기 하면서 소주잔을 부딪치다 보면 어느샌가 알딸딸해지는…. 삼겹살에 소주 한잔이 그리워진다.

Cottonwood, AZ — Flagstaff, AZ (80km)

Basecamp

80km 동안 고도 1,000m를 올라가야 해서 다소 힘든 날이 될 거라 예상했지만 생각보단 괜찮았고, 일찍 출발해서 그런지 늦지 않게 목적지에 도착했다. Flagstaff에 자전거 여행자들이 얼마나 많은지 연락하는 호스트마다 전부 이미 먼저 온 게스트들이 있다고 해서 결국 숙소를 잡았다. 숙소를 잡고 쉴 때가 되기도 했고, 2박에 70불이면 나쁘지 않은 가격이었다. 내일부터는 진짜 하이라이트다! 최근 며칠간 고도를 2,000m나 올라온 이유이기도 하고 궁극적으로는 이 여행의 메인이벤트이다. 일단 내일은 Offday 겸 차를 렌트해서 Horseshoe Bend와 Antelope Canyon이 있는 Page라는 동네를 당일치기로 다녀올 예정이다.

내일 멋진 곳으로 구경 가는 게 설레기도 한데, 운전을 내가 해야 해서 한편으론 걱정도 된다. (형이 미국 오기 전에 국제면허 증을 미처 준비하지 못했다) 시동 거는 것부터 침대에 누워 이미지 트레이닝 중인데, 운전면허 딸 때 도로주행 시험 전날인 것 같은 기분이다. 미국은 도로도 넓고 운전문화도 한국만큼 빡세지(?) 않아서 초보자들도 운전하기 편하다고는 하지만, 난 사실 면허 딴 이후로 밖에서 아직 운전해 본 적이 없어서 솔직히 무섭다. 근데 언젠간 해야 될 일이고 뭐든 처음이 어려운 법이니까. 한국 가도 어차피 차 사기 전까지는 쏘카 빌려서 이곳저곳 다녀야 할 텐데 일찍 연습 시작하는 거라 생각하자. 안전운전하고 내일 꼭 살아서 일기 쓸 수 있기를.

···, 고도 1,000m가량을 올라가서 드디어 도착한 Flagstaff. 해발 2,000m 높이에 있는 도시이고 Grand Canyon, Horseshoe Bend, Antelope Canyon으로 가기 위한 베이스캠프 같은 곳이다.

Offday in Page (Horseshoe Bend & Antelope Canyon)

The Mother Nature

하루종일 대자연의 위대함을 온몸으로 느꼈다. 사람이 만든 것도 아닌데 어찌 저렇게 정교하고 아름답고 거대한지, 보고 있으면 자연스럽게 넋을 놓을 수밖에 없었다. 아쉬운 점이라면 Horseshoe Bend를 지겹도록 눈에 담지 못한 점이다. 오전에 30분 정도 늦게 출발한 탓에 Antelope Canyon에 가기 전까지(투어 상품이어서 제시간에 갔어야 했다) 30분 정도밖에 시간이 없었는데, 그마저도 주차장에서 포인트까지 이동하는데도 10분이나 걸려서 사진만 후딱 찍고 눈에 담을 새도 없이 빠져나왔어야 했다. 시간이 더 있었으면 사진도 더 찍고 진득하게 앉아서 멋진 풍경을 눈에 더 담았을 텐데. 그래도 그 장소에 내가 있었다는, 잠시나마 존재했었다는 걸로 만족한다. 지구의 역사와 5분이라는 시간 동안 함께했으니 역사의 일부가 되었다고 할 수 있지도 않을까.

운전도 하다 보니 나름 할만했다. 처음엔 너무 걱정하고 긴장해서 손발이 떨릴 정도였지만 점점 익숙해졌다. 역시 뭐든 처음이 어려운 법이고, 막상 시작하면 아무것도 아닌 것 같다. 무엇보다 사고 없이 무사히 도착해서 너무 뿌듯하고 기분이 좋다. 축하하는 의미에서 오늘도 맥주 한잔!

···> Horseshoe Bend. (Colorado River)

⋯⇀ Antelope Canyon.

⋯⇀ 오랜만에 형과 함께. 둘 다 얼굴이 많이
타서 얼굴 색이 배경 색에 가까워진 것 같다.

⋯⇀ Antelope Canyon 안에서 찍은 천장의 빈 공간. 형상도 형상이지만 색감이 정말 이쁜
것 같다. 화성도 이 색이랑 비슷할까?

Flagstaff, AZ — Williams, AZ (44km)

춥고 배고프고 돈은 없고

　돈이 뭐길래, 돈 때문에 기분이 오락가락해야 하는 게 너무 싫다. 어제 결제한 렌트카 보증금이 오늘 다시 입금될 줄 알았는데, 오늘 숙소 도착할 때까지도 입금이 안 돼서 전화해 보니 환불되는 데는 2~3일 정도 걸린다는 것이었다. 결국 형이랑 나랑 각자 이곳저곳 수소문하며 돈을 빌려서 숙소비를 겨우 내고 저녁도 먹었다. 내일 Grand Canyon 입장료도 내야 하고 캠핑장 돈도 내야 하고 밥도 사 먹어야 하는데 걱정이다. 돈 때문에 기분 나빠지고 감정에 기복 생기고 멘탈 흔들리는 건 정말 싫은데, 돈 있으면 다 되는 세상 같아서 그게 더 싫다. 그래도 갑자기 돈 빌려달라는 부탁에도 싫어하는 티 안 내고 바로 빌려준 대학 동기들에게 정말 고맙다. 덕분에 오늘도 따뜻한 물에 샤워하고 포근한 침대에서 잘 수 있

게 되었다. 돈 들어오면 빌린 돈부터 바로 갚아야겠다. 친구
사이에 돈 때문에 감정 상하는 게 제일 쓸데없고 멍청한 짓
이니까.

내일은 드디어 Grand Canyon으로 간다. 기대되고 설레긴
하지만 영하 12도에서 잘 잘 수 있을지가 걱정이다. 만반의
준비를 해서 가긴 할 테지만 그래도 죽지만 않으면 죽기 전에
한 번쯤은 해볼 만하다고 생각하다. 살면서 또 언제 Grand
Canyon에서 텐트 치고 캠핑할 수 있을까. 한국 가면 맨날 보
일러 켜고 이불 속에서 따뜻하게 잘 텐데, 하루쯤 벌벌 떨면
서 자보는 것도 지나고 나면 다 재밌는 추억이 되겠지.

⋯→ 아침식사도 대충 먹었고 점심도 못 먹어서 이른 저녁에 간 Asian Buffet. 신기하게도 김치가 진짜 잘 익은 한국 김치 스타일이었다. 뷔페에 가서 맨밥에 김치만 올려 먹고 감동한 적은 처음이었다.

⋯→ 이 긴 여행이 딱 1달 남았는데 드디어 도로 표지 판에 'Los Angeles'가 나오기 시작했다. 끝이 보인 다! 저녁 먹으러 가는 길에 형이랑 한 대화. "지원아, 이제야 다 적응하고 재밌어질려고 하는데, 귀국해야 할 날이 얼마 안 남은 게 아쉽지 않나?" "박수 칠 때 떠나라는 말이 있지 않습니까. 좋은 기억만 갖고 떠 나라는 말이겠죠"

Williams, AZ — Grand Canyon (60km)

Grand Canyon에서 캠핑하기

드디어 이번 여행의 하이라이트인 Grand Canyon에 도착했다. 여기 때문에 중간에 기차를 타기도 했고, 여행 시작 전부터 가고 싶은 곳 1순위였기 때문에 더 의미가 남다른 것 같다. 우선 오늘은 이미 시간이 늦어서 캠핑만 하고 내일 구경할 예정인데, 아직까지는 추운 것 빼곤 다 좋다. 캠핑장도 맘에 들고 마트도 크고 시설도 잘되어 있어서 캠핑카 타고 오면 더 좋을 것 같다. 불 피워서 고기 구워 먹고 텐트에서 춥게 잘 필요 없이 차 안에서 따뜻하게 자면 되니까. 지금 춥기도 하고 빨리 눕고 싶기도 하고, 하고 싶은 말은 많은데 나도 지금 무슨 말을 하고 있는 건지 모르겠다. (텐트 안에 누워서 일기 써도 되는데 감성을 위해서 굳이 모닥불 앞에 앉아서 일기 쓰는 중이다)

귀국이 딱 1달 남은 시점인데, 2달 동안 정신없이 페달만 밟다 보니 어느새 Grand Canyon이다. 매 순간이 고민이고 걱정이었는데 그 모든 것들이 나로 하여금 이렇게 좋은 곳에 오게 하기 위한 과정이었던 것 아닐까. 내일은 또 어떤 선택을 할진 잘 모르겠지만, 그 선택이 우리를 좋은 곳에 데려다주리라 믿어 의심치 않는다. 일단 지금도 너무 춥고 새벽엔 더 추울 텐데 내일 살아서 눈 뜨자. Good night.

⋯ Grand Canyon에서 캠핑하는 날이 올 줄이야. 앞으로 살면서 다시 이런 날이 올 수 있을까. 만감이 교차하는 캠핑이다.

⋯ 캠핑 장비도 많이 없고 돈도 부족해서 소고기랑 아스파라거스, 버섯, 소시지만 사서 후추만 뿌리고 알루미늄 트레이에 구웠는데, 이때 먹었던 소고기 맛은 어느 미슐랭 스테이크집도 부럽지 않았다.

Part V

Grand Canyon에서
태평양 바다까지

Grand Canyon — Valle, AZ (11km)

'Grand' Canyon

말로만 듣던 Grand Canyon을 두 눈으로 직접 보다니….
처음 마주한 순간에는 말이 안 나왔다. 오랜 시간 동안 물과
바람에 깎이고 깎여 만들어졌을 텐데, 저 정도의 규모와 깊
이, 크기로 만들어지기 위해서 도대체 얼마나 오랫동안 시간
을 견뎌왔는지 상상조차 하기 힘들었다. 기대가 큰 만큼 실
망도 큰 법이지만, 기대가 컸음에도 그 기대를 훨씬 뛰어넘었
다. Grand Canyon을 보고 있으면 나도 모르게 할 말을 잃
게 되고 저 깊은 협곡 속으로 빠져드는 기분이었다. 저 협곡
밑에 서 있으면 무슨 기분일까. 저기는 어떤 동물이 살까. 저
기서 캠핑하면 어떨까. 저기 가본 사람은 어떻게 갔을까 등등
별의별 생각이 다 들었다. 규모는 또 얼마나 큰지 포인트마다
보이는 풍경이 거의 다 비슷했다. 특징적인 봉우리들이나 골

짜기 같은 것들이. 동서 방향으로만 거의 2~30km 이동했는데도 풍경이 거의 똑같았으니…. 사실 여러 포인트 별로 보이는 풍경이 다 다를 줄 알고 어떤 포인트를 가야 제일 멋진 풍경을 볼 수 있을까 고민했는데 쓸데없는 고민이었다. 많은 장면을 얼마나 다양하게 보느냐가 아닌, 같은 풍경을 계속해서 눈에 담으면서 Grand Canyon이라는 것을 완전히 머릿속에 각인시킬 수 있는 공간이었다. 그리고 이는 이 정도 규모이기에 가능한 것이고, 그만큼 거대하며, 'Grand'라는 단어가 왜 붙었고, 왜 죽기 전에 꼭 가봐야 할 곳인지, 왜 그 많은 사람들이 끊임없이 찾는지 알 수 있는 대목인 것 같다.

공원 자체도 'National Park'인 만큼 정말 잘 꾸며놓았다. 여러 포인트들은 물론이고 그 포인트들을 잇는 무료 셔틀버스, 캠핑장, 숙박시설, 주차장, 여러 편의시설 등 부족한 것 없이 알차게 즐기다 갈 수 있게끔 아주 잘 꾸며놓았다. 흠이라면 핸드폰 신호가 잘 안 터지고 와이파이존이 마트밖에 없다는 점, 그리고 너무 넓어서 길을 잃기 쉬울 것 같다는 점이다. 1달 뒤에 한국으로 가면 다시 오기 어렵다는 걸 잘 알지만, 미국을 다시 오게 된다면 캠핑카를 렌트해서 2박 3일 정도 여유롭게 Grand Canyon을 꼭 올 것 같다.

··· 　사진을 찍다 보니 두 가지가 아쉬웠다. 눈으로 봤을 때 느껴지는 감정을 사진에는 담아 갈 수 없다는 점, 그리고 풍경이라도 사진에 담아가고 싶지만 내 사진 실력이 뒤받쳐 주지 못한다는 점.

⋯⋯ 오늘은 Grand Canyon 근처의 Warmshowers인 Jeanne 아주머니네에서 묵게 되었는데, 잘 찍진 못하지만 처음으로 별 사진을 찍는 데 성공했다. 너무 추웠는데도 별이 찍힌 모습을 보는 순간 너무 신기하면서 행복했고, 왜 한 컷 당 20~30초 기다려가며 별 사진 찍는지 알 것 같았다.

행복회로

Jeanne 아주머니네에서 점심까지 든든하게 먹고 푹 쉬다가 여유롭게 2시쯤 출발했다. 아줌마가 큰 도로까지 차로 조금 태워주셔서 50km 정도만 타는 코스였는데 오늘 확실히 느꼈다. 이제 자전거를 하루 이틀 안 타면 몸이 근질근질해지고 심적으로 살짝 불안해진다. "이제 슬슬 타야 할 것 같은데?"하면서. 그리고 다시 자전거를 타면 맘이 편해진다. 요즘은 허리도 딱히 안 아프고 다리는 적응한 지 오래되었으며, 오래 타면 손이 조금 저린 거 빼곤 타는 게 편해졌다. 학교 다닐 때처럼 바쁘게 살면 가만히 앉아서 아무것도 안 하고 조용히 생각만 할 수 있는 시간이 잘 없는데, 자전거를 타면 페달을 밟는 순간만큼은 자전거 위에 오로지 나만 있기 때문에 이런저런 생각을 많이 할 수 있어서 좋다. 앞으로의 대략적인 미래 계획도 세울 수 있고, 지난 삶을 되돌아볼 수도 있고 뭐 이것저것 말이다. 가장 많이 한 생각은 아마 LA에서 한국까지 가는 모든 과정을 상상하는 이미지 트레이닝일 것이다. 김해공항에 내려서 리무진 버스를 타고 마산 집에 가서, 그 후 어떤 맛있는 음식을 먹으면서 뭘 할지 상상하기. 생각만 해도 행복하다.

(오늘 탄 길이 단조로워서 딱히 사진 찍을 게 없었고, 펑크 때문에 기분도 안 좋아서 오늘은 사진이 없다)

Williams, AZ — Prescott Valley, AZ (115km)

일단 부딪치면 된다니까

정확히 일주일 전에 하루 지냈던 Dorothy 아주머니 집에 다시 도착했다. (정말 감사하게도 그때 그 호스트분들께서 다시 와서 더 쉬다 가도 된다고 하셨다) 일주일 전에 여기서 출발해서 2,000m 짜리 산을 넘고 400km 운전을 해서 대자연과 잠시나마 역사를 같이했으며, 영하의 기온에서 야외 캠핑을 하고 다시 돌아왔다. 집에 돌아온 기분이다. 일주일 전만 해도 Grand Canyon까지 자전거로 갈 수 있을지, 내가 운전을 할 수 있을지, 영하 기온에서 캠핑할 수 있을지, 다시 이 집에 돌아올 수 있을지 이것저것 걱정이 많았다. 근데 결국 다 어떻게든 해냈다. 부딪치기 전엔 이런저런 걱정들 다 하는 게 아주 자연스러운 거고 당연한 거지만, 막상 부딪치고 나면 어떻게든 해낼 수 있다는 게 딱 이런 것 아닐까. 따라서 관건은 걱정을 안 하는 것이 아니라, 걱정이 얼마나 되든 간에 그걸 이겨내고 극복하고 일단 부딪치고자 하는 마음가짐을 갖는 것이라 생각한다. 쉽게 떨어지지 않는 발을 딱 한 번만 마음먹고 내디디면 그걸로 이미 반 이상은 성공한 것이고, 그 뒤로는 운명과 시간의 힘을 빌리면 어떻게든 해낼 수 있게 되어 있는 것 같다. '의지의 차이'라는 말이 있는 것처럼, 하고자 하는 의지만 있다면.

···· Dorothy 아주머니는 우리만 괜찮으면 Thanksgiving day를 같이 보내자고 하셨다. 게스트인 우리가 미국 최대 명절인 추수감사절에도 집에 머무는 게 실례가 되진 않을까 걱정했는데, 같은 집에 잠시 머무는 것만으로도 한 가족이라며 괜찮다고 하셨다. 미국 현지의 추수감사절을 체험해 볼 좋은 기회이고, 여행도 이제 7부 능선을 지났는데 LA까지 남은 700km의 여정도 준비할 겸 며칠 쉬었다 가는 것도 좋을 것 같다.

Offday in Prescott Valley

오랜만에 느껴보는 '주말'

자전거 안 타고 푹 쉬기만 한 게 얼마 만이지? 엊그제 Grand Canyon에서도 자전거는 안 타고 쉬긴 했지만 구경하러 돌아다닌다고 몸은 피곤했던 것 같다. 오늘은 오랜만에 늦잠 도 자고 일어나서 Brunch를 먹고, 호스트 가족분들과 차 타고 Prescott 시내로 나가서 장도 보고 시내 구경도 잠깐 하고 돌 아왔다. 피곤하지 않을 정도로 딱 적당히 걸었던 것 같다. 길에 서 아이스크림도 사 먹고 정말 오랜만에 '주말' 같은 하루였다.

내일은 드디어 Thanksgiving Day이다. 다른 손님들도 오 시는 게 조금은 긴장되고 실례가 되는 건 아닐까 걱정되기도 하지만, 이왕 머물기로 한 거 편하게 경험한다 생각하고 쉬다 가자. 칠면조 고기는 아직 태어나서 한 번도 안 먹어 봤는데, 이번에 드디어 먹어볼 수 있을 것 같다. 기대된다!

Offday in Prescott Valley

Thanksgiving Day

물론 문화의 차이겠지만, 우리나라는 추석이나 설 연휴를 손님보다는 가족, 친척들과 보내는 문화라서, 손님인 내가 미국의 최대 명절을 가정집에서 보낸다는 것 자체가 민폐가 아닐까 걱정을 많이 했다. 하지만 오히려 더 편하게 진짜 가족처럼 대해주셨다. 자칫 연고도 없는 먼 타지에서 노숙이나 하며 외롭게 추수감사절 연휴를 보내는가 싶었는데, 우리만 괜찮으면 여기서 같이 연휴를 보내자며 먼저 제안해 주셨고, 3일 동안 편하게 쉴 수 있도록 많이 배려해 주셨다. 올해 한국의 추석 연휴는 유난히 길었는데, 하필 그때 미국에 있어서 긴 연휴만큼 많이 아쉬웠고 마음이 허했다. 하지만 여기서 3일 동안 지내면서 맛있는 음식도 정말 많이 먹고 몸도 마음도 푹 쉬면서 체력을 충전할 수 있어서 여러모로 정말 감사하다. 미국 가정집에서 추수감사절을 체험해 본 여행객이 얼마나 될까. 앞으로 이런 귀한 경험을 해볼 기회가 다시는 없을 것 같다. 몸도 마음도 배부른 건 물론이고, 정말 값진 추억을 마음속에 담아간다.

3일 동안 너무 신세만 진 것 같아서 한편으론 정말 죄송하기도 하다. 우리가 드릴 수 있는 것이라곤 여행 기념 오프너밖에 없는데. 가능성은 아주 낮겠지만 나중에 나나 형이 잘돼서 미국을 다시 올 일이 생기고 이 집을 다시 찾게 되면 얼마나 좋을까. 하여튼 3일 동안 정말 잘 먹고 잘 자고 잘 쉬었다. 더 쉬고 싶고 떠나기 싫지만, 우리는 아직 갈 길이 남았기 때문에 떠나야만 한다. 조금만 더 힘내자. 700km만 더 달려보자. Keep pedaling!!

⋯⋯→ Our Family Dorothy, John and Amy. Thank you for everything. It was really happy Thanksgiving!

Prescott Valley, AZ — Aguila, AZ (132km)

집 나오면 개고생

집 나오면 개고생이라더니, Dorothy 아주머니 집에서 나오자마자 노숙이다. 엄연히 말하면 노숙은 아니고 노숙과 캠핑 사이쯤 되는 것 같다. 오늘은 Aguila 라는 작은 동네에서 묵게 되었는데, 이 동네에는 사는 사람도 얼마 없는지 지나다니는 사람을 못 본 것 같다. 근데 오히려 사람이 없어서 노숙하기 조금이나마 안심이 된다. 주변에 불빛도 없으니 우리가 여기 있는 걸 모르겠지? 그리고 해가 졌는데도 춥지 않아서 다행이다. 반팔 티에 남방입고 밑에는 타이즈에 긴 바지 입었는데 지금 살짝 더운 것 같다. 그나저나 이제 7시인데 폰이 안 터지니 또 사진 구경이나 하다 자야겠다.

이 근처 지역에는 식당도 거의 없고 여기처럼 작은 동네만 가끔 있는 것처럼 보이던데, 그래도 LA 근처로 가게 되면

Warmshowers도 많이 있을 테니 2~3일만 더 고생하자. 1달 뒤면 이런 거 더 하고 싶어도 못 하니까.

⋯ Aguila로 가는 길에 마주했던 아찔한 절벽의 다운힐. 힘겹게 올라가고 난 후 이런 다운힐에서 글라이딩 할 때의 기분은 정말 끝내준다. '고진감래'라는 말이 딱 맞는 것 같다. 그리고 절벽의 길 너머로 멀리 보이는 드넓은 평지. 매번 느끼지만 미국은 정말 넓다.

⋯ 이 동네는 생각했던 것보다 동네가 너무 작고 식당은커녕 편의점도 없어서, 겨우 찾은 작은 마트에서 산 컵라면으로 저녁을 때운 후 작은 공터에 텐트를 치고 누웠다.

Aguila, AZ — Blythe, CA (147km)

Last state, California!

⋯⟶ 어제저녁에 산 커피와 에너지바로 아침을 간단하게 때우고 8시 반쯤 출발했다. Highway 60을 100km 넘게 타는 내내 밥 먹을 곳이 하나도 없어서 어제 챙긴 간식이랑 물로 버티다가 40km 정도 남았을 즈음 겨우 찾은 맥도날드에서 늦은 점심을 먹었다. 그 많던 맥도날드와 버거킹은 어디로 갔을까.

오늘의 Warmshowers는 낚시용품점과 작은 슈퍼를 운영하시는 분이 호스트이신 곳이다. 실내 취침은 아니고 뒷마당 잔디에 텐트 치고 누워 있는데, 그래도 피자도 2판이나 구워주시고 샤워실도 있고 어제에 비해서는 호텔이다. 그래도 캠핑하면 밥도 일찍 먹고 일찍 잘 준비하게 돼서 잘 시간이 많아지는 건 좋은 것 같다. 여유롭게 이것저것 생각도 많이 할 수 있고.

그나저나 LA 근처에 호스트들이 국지적으로 몰려 있어서, 내일도 캠핑일 것 같다. 여기서 가장 가까운 호스트도 170~200km 정도 거리에 멀리 있다. 히치하이킹을 해야 하루에 갈 수 있는 거리인데, 히치하이킹 하나만 믿고 무작정 나서기엔 위험부담이 크다. 그래서 일단 내일은 130km쯤 거리에 있는 캠핑장에서 캠핑을 하고 그다음 날 LA 외곽으로 진입할 것 같다. LA가 가까워지고 있고 날도 많이 안 추워서 그런지 이젠 캠핑도 재밌다. 내일도 파이팅이다, 힘내자! 얼마안 남았다!

···→ 열세 번째 만나는 주 이자 이번 여행의 마지막 주인 California에 진입했다. 이젠 정말 LA가 코앞이다!

Blythe, CA — Cathedral City, CA (43km)

도착 이틀 전

Grand Canyon 이후로 요즘은 딱히 쓸 내용이 없다. 그냥 자전거 타고 밥 먹고 자고 이게 다다. 근데 뭐 이 지역은 그럴 수밖에 없는 게, 작은 편의점조차 안 보이고 아무것도 없는 말 그대로 '사막' 같은 길밖에 없다. 며칠 연속으로 Freeway 를 타고 야외에서 자서 정신적으로나 체력적으로 조금 힘들기 는 한데, 그래도 얼마 남지 않은 LA를 보고 버티고 있다. 내일 Riverside를 찍고 그다음 날이면 태평양 바다인 Huntington Beach에 도착할 수 있다. 끝이 보이기 시작했다! 이제 만나는 사람들에게 New York에서 LA까지 간다고 하면 '거의 다 왔 네! 축하해요!' 하는 분위기다. 65일 전에는 이런 반응을 상상 만 했는데 실화가 되다니⋯. 마지막까지 차 조심 길 조심 동 물 조심 다 조심해서 무사히 LA에 도착하자. 내일도 파이팅.

···→ 오늘 탈 길이 전부 freeway라 너무 위험하기도 했고 물이랑 식량도 없어서 히치하이킹
을 시도했는데, 운 좋게도 성공해서 Warmshowers 호스트 집에 일찍 도착할 수 있었다. 덕
분에 피자도 만들어 먹고 (냉동피자 위에 소시지, 치즈 토핑 추가) 낮잠도 자고 오랜만에 집
안에서 편하게 쉴 수 있었다.

Cathedral City, CA — Riverside, CA (38km)

베르누이의 법칙 체험하기

Highway 111에 들어서서 순조롭게 타고 있었는데, 어느 순간부터 정면에서 바람이 불어오기 시작했다. 머리에 털 나고 그런 바람은 처음이었다. 어린 시절 어렴풋한 기억 속의 태풍 '매미'가 이 정도였을까, 자전거 페달을 밟아서 앞으로 나가는 건커녕 자전거 위에서 중심을 잡고 서 있을 수조차 없었고, 나중엔 더 심해져서 자전거를 끌고 걸어서 앞으로 나아가기도 힘든 정도였다. 분명히 평지였는데, 높은 히말라야 산맥을 한 걸음 한 걸음 등반하는 산악인들의 심정이 조금이나마 이해가 되었다. 끊임없이 몸과 자전거를 휘청거리게 만들고 한 걸음 나아가기도 힘들게 하는 바람. 고글을 써도 눈으로 들어오고 온몸을 아플 정도로 때리면서 눈, 코, 입, 귀 등 구멍이란 구멍으로는 다 들어가는 모래…. 아무리 모래라도 모래로 맞는 싸대기는 아팠다) 놀이터에서 놀던 초등학생 때 이후로 그렇게 모래를 뒤집어쓴 적은 정말 오랜만이었던 것 같다.

2개의 큰 산 사이에 Wind Turbine이 몇백 개 있을 때부터 알아봤어야 했다. 태평양 바다로부터 불어오는 바람이 산 2개 사이의 좁은 협곡으로 들어오면서 풍속이 엄청나게 커졌기 때문인 것 같았다. 이게 바로 베르누이의 법칙인가 보다.

자전거와 온몸이 모래와 하나가 되어가고 있을 때, 바닥만 보며 힘겹게 한 걸음 한 걸음을 내딛다가 잠깐 고개를 들었는데 앞에서 흰 트럭이 갓길로 차를 대고 있었다.

"Do you need help?"
"Yes, please!!!"

그렇게 운 좋게 굴러 들어온 히치하이킹. 사실 히치하이킹을 미친 듯이 하고 싶었는데, 모래바람 때문에 제대로 서서 엄지를 들고 서 있을 수가 없었다. 그렇게 다행히도 (본의 아니게) 히치하이킹을 성공해서, 차로 조금 이동하며 그 구간을 빠져나올 수 있었다. 그 모래바람 속에서 자전거를 탄 시간이 길지는 않지만 (몇 분 정도였는지는 모르겠지만 1분 1초가 1시간 같았다), 그 시간 동안 100km 탈 때만큼의 정신적, 육체적 체력을 소모한 기분이었다. 그리고 히치하이킹도 여행의 일부 아닐까 생각한다. 특히 오늘은 일단 살기 위해서 더욱 그랬어야 했다. 낮에 경험했던 그 모래폭풍은 지금 다시 생각해봐도 정말 아찔한 경험이었던 것 같다.

Riverside, CA — Bellflower, CA (114km)

We made it!

바닷냄새가 나면서 트레일 끝이 보임과 동시에 파도가 보이고 드디어 태평양을 마주했다. 67일 만이다. 나도 모르게 흥분해서 소리를 지르고 있었고, 자전거를 타기 시작했던 첫날이 떠올랐다. 그날 시차적응도 덜 된 상태였고, 자전거 타는 요령도 없었으며, 펑크도 세 번이나 나고 여러모로 제일 힘들었던 날이었다. 그렇게 패기롭게 시작하긴 했지만, 내가 진짜 자전거를 타고 New York에서 LA까지 와서 태평양 바닷바람을 맛볼 수 있을 줄은 몰랐다.

그런데 솔직히 막상 도착하니 실감은 잘 나지 않았다. 오늘은 단지 어제처럼, 그제처럼 자전거 타던 67일의 날들 중 하루일 뿐이었고, 내 앞의 바다가 광안리인지, 해운대인지, LA의 Huntington Beach인지 똑같이 짭짤한 바닷냄새만 날

뿐이었다. 그냥 말없이 태평양 바다 위로 천천히 떨어지고 있는 해를 보고만 있었다. 여기가 LA라고 하긴 하는데 아직도 실감은 안 난다. 12월 18일에 공항으로 가면 실감이 나려나? '아 진짜 가구나!', '아, 진짜 끝났구나!' 하면서?

그리고 오늘은 왠지 일기 쓰기가 싫었다. 2달이 넘는 긴 여정을 마무리 지으면서 그동안 겪었던 고난과 역경들에 대해 보상받는 날인데, 그 복잡하고 겹겹이 쌓인, 너무 두꺼워서 안으로 들여다보기도 힘들고 무거운 그 감정들을 이 한 페이지 위에 써내야 한다는 게 싫었다. 이 종이 위에 몇 글자 끄적이고자 이 고생을 한 것도 아니고, 또 내가 글재주가 있는 편도 아니라서 이 감정을 어떤 단어와 문장들로 서술해내야, 표현해야 할지 너무 답답할 뿐이다. 시간이 지나면서 기억도 점점 희미해지고 감정도 조금씩 식을 텐데.

그래도 67일간 정말 수고했다. 6,500km나 되는 거리를 두 다리만으로 움직이면서 아프지 않고, 다치지도 않고, 사고 없이, 아무 탈 없이 이렇게 도착한 것만으로도 정말 다행이다. 처음엔 걱정을 많이 했는데, 나는 내가 생각했던 것보다는 강하고 용감하고 튼튼한 사람인 것 같다. 그리고 뭐든지 일단 부딪치면 된다. 처음 벽에 부딪히면 아프기만 한데, 계속 부딪히다 보면 어떻게 부딪혀야 덜 아픈지 방법을 조금씩 찾게 되고, 어떻게 부딪히면 벽을 조금이라도 빨리 허물 수 있을지 생각하게 된다. 그 과정은 고통스럽겠지만 그러다 보면 벽엔 금이 하나둘 생기기 시작할 것이고 그 벽은 마침내 주저앉을 것이다. 모든 일이 이렇지 않을까. 처음엔 두렵고 망설여지고 걱정되겠지만 그걸 어떻게 잘 이겨내고 벽에 몸을 부딪치기 시작하는지가 중요한 것 같다. 쓰다 보니 이야기가 옆으로 새는 것 같기도 하다. 하여튼 정말로 고생 많았고 얼마 안 남은 날들도 안전하게 다치지 말고 건강하게 여행하다가 한국으로 돌아가자.

···› Huntington Beach의 태평양 바다를 배경으로 형과 함께. 대서양을 등지고 출발했는데 태평양을 마주하다니.

⋯▸ 승리의 셀카. 2달 남짓 동안 많이 타긴 탄 것 같다.

Part VI

LA와 San Francisco, 그리고 부산까지

Bellflower — Los Angeles, CA (32km)

일기 안 씀

Offday in Los Angeles

미국은 넓고 세상은 좁다

⋯ 같이(?) 미국 횡단했던 (왼쪽부터) 태원이 형, 환영이 형, 성원이 형. 어제 생전 처음 만난 사이인데도 같이 여행한 것처럼 말도 정말 잘 통하고 공감 가는 점도 너무 많고 경험이 너무 비슷해서 계속 웃으면서 쉬지도 않고 얘기했던 것 같다.

어젯밤에 일기를 못 써서 오늘 한 번에 같이 쓴다. 딱히 특별하게 한 건 없고 어제 LA 시내로 조금 더 이동한 뒤 쉬었는데, 사실 어제 Thuan 호스트 아저씨 집에 와서 만난 한국 형들 3명이랑 소주파티를 거하게 하고 오랜만에 술에 취해서 바로 잠들었다. 신기한 건 이 형들 3명이, 우리 라이딩 첫날 첫 Warmshowers 호스트이셨던 Glenn 아저씨가 말했던, 우리가 오기 이틀 전에 머물다 갔다던 그 한국인 3명이다. 심지어 한국에서 사는 지역도 비슷한 게 형들 3명 다 창원 출신에 2명은 부산에서 학교 다니신다고 하는데, 세상 정말 좁은 것 같다.

그렇게 어제는 형들과 시간 가는 줄 모르고 먹고 떠들며 놀았고, 오늘은 숙취의 힘을 빌려 필사적으로 늦잠자서 9시에 기상했다. LA에 도착했으니 오늘까지는 LA 시내 구경도 하면서 푹 쉰 다음 내일은 기차를 타고 San Francisco로 가는데, 하루 이틀 구경한 다음 태평양 해안을 따라 Highway 1을 타고 LA까지 자전거를 타고 내려올 계획이다. 'New York부터 LA까지 미국 횡단'이라는 목표는 달성했으니, 이제 귀국까지 남은 시간 동안 많이 놀러 다니면서 좋은 추억 많이 만들고 가자.

⋯⋯ 점심식사로 차이나타운에서 먹은 볶음밥. 지극히 개인적인 의견이지만 동남아든 미국이든 어딜 가나 아시안 식당에서 시킨 볶음밥은 웬만하면 평균 이상인 것 같다.

⋯⋯ 점심도 소화시킬 겸 걸어서 구경하러 갔던 Dodger Stadium. 지금은 시즌이 끝난 상태라 구장 정비 중인 것 같았는데, 조금만 더 일찍 LA에 도착했다면 Houston과의 월드시리즈 경기를 직접 볼 수 있지 않았을까? 물론 쉽지 않았겠지만 생각만 해도 설레고 두근거리긴 한다.

⋯⋯ LA Dodgers 올스타 명단에 당당히 이름을 올리고 계신 대한민국 최초 메이저리거 CHAN HO PARK. 뭉클하고 자랑스럽다.

⋯⋯ 어제 저녁식사는 형들이 준비해 주셔서, 오늘은 동석이 형과 내가 식사 당번을 맡아서 카레를 준비했다. 가루카레를 요리해 본 건 처음이었는데, 형들 다 맛있게 잘 드셔주셔서 뿌듯했다.

Los Angeles, CA — Oakland, CA (기차로 이동)

내일은 좋은 일이 있겠지

아, 내 배터리…. 기차 내리고 정신없이 짐 싸면서 보조배터리로 충전 중이던 핸드폰 여분배터리를 잠깐 쓰레기통 위에 얹어뒀는데 그대로 두고 왔다. 숙소에 도착해서 충전하려고 찾았는데 순간 '아, 망했다' 싶은 생각이 들면서 머리를 한 대 맞은 것처럼 띵했다. 그렇다고 버릴 수는 없어서 늦은 밤이었음에도 다시 기차역으로 갔지만, 배터리를 올려놨던 쓰레기통 안을 뒤져봐도 없고 역무원한테 물어봐도 분실물 들어온 건 없다고 했다. 지금 핸드폰 배터리 잔량은 30%이고 그나마 있는 여분 케이블들은 다 고장 난 상황이다. 그러니까 다시 말하면 보조배터리나 충전기를 새로 하나 사기 전까지는 충전을 못 한다는 말이다.

여태 2달 넘게 여행하는 동안 물건 잃어버린 적은 한 번도 없었는데, 드디어 오늘 이렇게 한 건 했다. 그래, 이미 잃어 버린 뒤고, 후회한다고 돌아오는 것도 아니니 긍정적으로 생각하자. 보조배터리가 좀 아깝기는 하지만 어차피 케이블도 하나 사긴 사야 했고, 한국 가면 폰 바꿀 예정이었는데 배터리 일체형 폰에 미리 익숙해지라는 뜻으로 생각하자. 전화위복이라고 했으니 내일은 꼭 좋은 일이 있겠지. 분명히 좋은 일이 있을 거다.

제발 SD카드만이라도….

(12.06. 작성)

어제 배터리를 통째로 잃어버려서 오늘 아침까지는 우울했지만, 미여디미국 여행 디자인 카페를 통해 만난 동행들 (슬기형, 민지 누나)과 같이 맛있는 음식도 먹고 이곳저곳 구경도 다니면서 바람을 좀 쐬니 오후엔 기분이 좀 나아졌다. 어제 일기 마지막에 쓴 것처럼 오늘은 분명히 좋은 일이 있을 거라 생각했기 때문에 오늘 하루는 여기서 행복하게 마무리될 줄 알았는데, 저녁에 일이 터지고야 말았다.

한국인들끼리 모였는데 이런 날에 뒤풀이가 빠지면 섭하니, 동행 중 한 분 숙소에서 간단히 한잔 마신 후 헤어지기로 하고 근처 마트에 맥주와 안주를 사러 갔다. 마트 주차장에 차를 대고 넷 다 신나서 이 맥주는 맛이 있니 없니 하면서 술을 사고 차로 왔는데…, 차 오른쪽 뒷유리가 깨져 있었고 뒷좌석에 있던 형 폰과 내 카메라 가방이 없어져 있었다. 카메라 가방에는 DSLR 카메라는 물론 여권, 한국 유심, 한국 돈, 비상용 카드, 카메라 배터리&충전기, SD카드, 여권 사진, 국제운전면허증 등 제일 중요한 것들이 다 들어 있었다. 차에서 내리면서 가방을 챙길지 말지 순간적으로 잠깐 고민하긴 했지만, 꽤 큰 마트 앞 주차장이고 경비도 있어서 당연히 괜찮을 줄 알았기 때문에 충격은 더 컸다. 망치로 머리를 세게 한 대 맞은 기분이었고 깨진 유리 조각들을 보며 내 눈앞의 모습이 현실이 맞는지 멍하니 쳐다만 보고 있었는데, 그 짧은 몇 초의 시간 동안 오만가지 생각이 다 들었다.

'여권 없는데 한국 어떻게 가지?'
'카메라도 카메라지만 안에 있던 2,000장 넘는 사진은?'
'우리 여태 고생한 흔적이 거기에 다 들어 있는데?'
'다른 건 모르겠고 SD카드만이라도 두고 가지…'

일단 마음을 진정시키고 근처 경찰서로 갔다. 사건 접수를 위해 서류를 작성하고 기다리는데, 그 도둑들이 오늘 날을 잡고 이 동네 다 털었는지 똑같이 당한 사람이 우리뿐만이 아니었다. 그래도 다행히 그 사람들 중 대부분은 경찰들이 가방을 다시 찾아와서 소지품을 챙기고 돌아갔는데, 그 모습을 보면서 내심 조금은 기대했지만 아쉽게도 기적은 일어나지 않았고, 사건 접수증만 받고 경찰서를 나와야 했다.

'내가 왜 그걸 두고 내렸을까' 후회하며 차 안의 깨진 유리 조각들을 정리하려던 찰나, 너무 놀라서 잠시 잊고 있었던 맥주와 과자가 보였다. 1~2시간 전만 해도 맥주 마실 생각에 신났었는데, 지금 다시 보니 신났던 만큼 허탈함이 밀려왔고 애꿎은 맥주만 미웠다. 이걸 어떻게 처리할까 넷이서 고민하다가 이왕 이렇게 된 거 아픈 마음도 달랠 겸 마셔서 없애기로 했고, 그렇게 눈물의 뒤풀이는 시작됐다. 더 이상 잃을 것도 없으니 먹고 죽자는 생각으로 중간에 술을 더 사 오기까지 해서 미친 듯이 마셨고, 눈을 떴을 땐 다음 날 아침, Oakland에 있는 내 숙소에 누워 있었다.

여행하는 동안 일기뿐만 아니라 페이스북에도 매일 짧은 글과 함께 그날 찍은 사진들을 몇 장씩 올렸었는데, 이 덕분에 책을 출판할 수 있을 정도의 사진들은 건질 수 있었다. 페이스북 업로드가 '신의 한 수'가 될 줄 그 누가 상상이나 했을까.

··· 금문교를 배경으로 열심히 사진을 찍고 있는 형과 나. 이때까지만 해도 저녁에 무슨 일이 일어날지 상상조차 못 했고 그저 행복하기만 했다.

머리도 아프고 마음도 아프고

(12.06. 작성)

　그런 숙취는 태어나서 처음이었다. 아침 7~8시쯤 잠깐 깼는데 뭔가가 가슴 깊은 곳에서부터 올라왔다. 화장실로 달려가 토를 하니 속은 좀 괜찮아졌는데, 머리를 누가 방망이로 두드려 패는 것처럼 머리가 너무 아팠다. 성인이 돼서 숙취 때문에 머리가 그 정도로 아팠던 적은 처음이었다. 어제 술 먹을 땐 강도에게 털렸다는 사실을 잠시나마 잊고 있었는데 (왜 힘든 일이 있을 때마다 술을 먹는지 알 것 같았다), 아침에 일어나서 그 기억이 밤새 꾼 꿈이 아닐까, 사실 누군가가 몰래 기획한 몰래카메라가 아닐까 하는 생각을 잠시나마 했지만 이내 현실임을 깨달았고, 그래서 더 머리가 아팠는지도 모른다.

　슬기 형을 만나서 렌트카 업체를 들러 차를 교체한 후 (앗간 건 이런 상황이 흔한 일인지, 직원이 유리 깨진 걸 보고 놀라지도 않았다. 우리는 심각한데…) 민지 누나랑 다시 만났고, 우선 해장부터 하기로 했다. Super Duper Burger라는 San Francisco의 유명한 햄버거집을 갔는데, 가격은 꽤 되었지만 (둘이서 30불 정도) 그만큼 맛있었다. 패티가 맥도날드나 롯데리아에서 먹던 패티가 아니고, 스테이크처럼 육즙이 좔좔 흐르고 윤기가 나는 패티였다. (전날 큰일을 당한 후 먹어서 그런지 여기서 햄버거 먹은 기억은 지금도 뚜렷하게 남아 있고 가끔 생각이 나서, San Francisco를 다시 갈 일이 있으면 꼭 들르고 싶다) 기름진 햄버거에 후식으로 Blue Bottle 커피까지 마시니 술은 거의 다 깬 것 같았고, Painted Ladies, Twin Peaks, Lincoln Park를 구경하고 한식당에서 저녁식사를 한 후 헤어졌다.

많은 걸 잃었지만 더 좋은 인연을 얻었다. 어제 아침까지만 해도 서로 전혀 모르는 사이였는데, 넷 다 마음이 잘 맞아서 그런지 이틀 동안 같이 다니면서도 전혀 불편하지 않았다. 더군다나 차량 강도라는 아주 특별한 일을 같이 겪어서 그런지 인연이 더 뜻깊게 느껴지고, 그 일 덕분에 더 친해질 수 있었던 것 같다. 이제 각자의 삶으로 돌아가면 다시 만나기는 어렵겠지만, 서로가 각자의 인생에 있어서 'San Francisco'라는 도시와 관련된 기억들 중 한 조각으로는 남아 있겠지? 그리고 만에 하나 우연히라도 다시 만나게 된다면, 그때는 강도에게 도난당했던 이야기조차 웃으며 얘기할 수 있는 재밌는 추억이 되어 있겠지?

Oakland — San Francisco — San Jose (102km)

너덜너덜

(12.06. 작성)

아침 일찍 일어나자마자 짐을 싸서 San Francisco 대한민국 영사관으로 갔다. 내가 생각했던 것과 다르게 임시여권도 발급까지 며칠 걸린다고 해서, 더 이상 할 것도 없는 San Francisco에서 시간을 보내느니 차라리 LA로 빨리 돌아가서 임시여권 발급 신청을 해 놓고 구경도 하며 쉬는 게 좋을 것 같았다. 그리고 사실 오전에 자전거를 잠깐 타봤는데, 형이랑 나 둘 다 의욕도 없고 멘탈이 정상이 아니어서 이젠 그냥 빨리 쉬고 싶은 생각뿐이었다. San Jose까지만 자전거로 이동한 후, LA까지 다시 기차를 타고 수요일에 도착해서 임시여권을 발급받고 그다음 주 화요일 아침 출국 전까지 푹 쉬기로 했다.

그렇게 San Jose까지 달리기 시작했는데 (승기 형 호텔이 마침

San Jose에 있어서, 여기서 하루 신세 지고 내일 아침에 LA로 가는 기차를 타기로 했다), 며칠 전까지만 해도 잘 있던 카메라 가방의 빈자리가 보일 땐 눈물도 찔끔 나면서 괜히 텅 빈 핸들 바를 한번 쓰다듬어도 보고…. 있다 없으니까 너무 허전하고 그게 내 눈앞에서 보이니까 너무 힘들었다. 정신줄 놓고 타다가 트램 레일에 바퀴가 빠져서 넘어지고, 중간에 형이랑 갈라져서 길도 잃고, 새로 산 보조배터리는 왜 이리 빨리 닳는지 해질 때가 되니 핸드폰도 내 정신상태처럼 방전되어 버렸다. 다행히 호텔까지 거의 다 온 상태여서 지도 없이도 도착하긴 했지만, 도착했을 때 몸과 마음의 상태를 한 마디로 표현하자면 '너덜너덜'이라는 표현이 딱 맞는 것 같다.

⋯▸ 슬기 형이 요리해 주신 소고기와 밥, 그리고 라면. 오늘 하루 내내 멘탈을 잡기가 너무 힘들었는데 (거의 미국 도착한 첫날 정도였던 것 같다), 슬기 형 덕분에 좋은 곳에서 잘 쉬고 잘 먹으니 많이 괜찮아졌다.

San Jose — Los Angeles (16km)

집으로 가는 길

(12.07. 작성)

7시 반에 일어나서 호텔 조식을 간단하게 먹고 약 1시간 동안 13km를 달려서 San Jose Station에 도착했다. 이젠 Amtrak도 세 번째겠다, 체크인 수하물과 Carry-on을 척척 분류하고, 수하물 tag도 알아서 쓰고, 스무스하게 진행되는가 싶었는데…. 직원이 갑자기 수하물을 하나 더 부치려면 20불을 추가로 내야 한다는 거다. 아니 원래 1인당 무료 수하물이 2개고 추가로 자전거 몫인 20불을 이미 냈는데 이게 무슨 소리인가? 그 사람 말의 핵심은 "자전거 비용 이미 낸 건 아는데, 그거랑 별도로 너는 수하물이 3개니 20불을 더 내라"였는데, 이게 무슨 말인가 싶고 지금 생각해도 어이가 없다. 여기 와서 20불을 더 낼 거면 사전에 자전거 추가를 할 이유가 없지 않은가…. 그냥 바로 와서 20불만 내지 총 40불을 낼 이유가 없는데! 그리고 자전거는 애초에 커서 체크인 수하물 가방 규격에 맞지도 않다. 그러니까 자전거 몫으로 별도로 20불을 내는 거고. "우리는 Amtrak을 두 번이나 탔고, 여태까지 오늘과 같은 방식으로 아무 일 없이 잘 처리했다" 하니까 "그건 그 사람들이 일 처리를 잘못한 것이고, 이게 맞는 거다"라고 하며 아무리 말을 해도 알아듣지를 못했다. 너무 답답하고 짜증이 나서 Amtrak 본사에 전화를 걸어 확인했고, 본사 담당자는 "너희가 여태 했던 방식이 맞고, San Jose Station에 직접 전화해서 체크인 진행할 수 있도록 조치하겠다"라고 했다. 그러고 나서 바로 역 안에 전화가 울렸고, 직원이 전화를 받더니 우리 수하물 Tag를 붙이고 수하물 표랑 자전거 Tag를 줬다. 근데 더 어이가 없는 건, 그렇게까지 했는데도 본인이 틀렸었다는 건 인정을 못 하는지, "이번엔 봐주지만, 다음엔 20달러씩 더 내라"라고 하는 거다. 순간 진심으로 욱해서 "다시는 Amtrak 안 탈 거고, 당신 일이나 잘해라"는 말이 턱밑까지 올라왔지만, 기차 출발까지 남은 시간도 얼마 없고 괜히 일이 커질 것 같아서 한 번 꾹 참고 기차에 올랐다. 직원이라는 사람이 Amtrak 고작 두 번 타본 우리보다 규정을 잘 모르는 게 말이 되나? 그런 사람을 직원이랍시고 창구에 앉혀놔도 되는 건가? 아니면 그냥 우리가 외국인이라 잘 모를 거라 생각하고 더 받아내려고 했던 건가? 하여튼 아침부터 쓸데없이 감정소모 한바탕 했는데, LA 가는 길은 정말 멀고도 험하다.

그렇게 기차는 출발했고, 빵이랑 과자도 먹고 귤도 까먹고 사이좋게 이어폰 한쪽씩 끼고 노래도 듣고 낮잠도 자면서 시간을 보냈고, 예정되어 있던 11시간보다 30분 정도 늦게 LA에 도착했다. 짐을 다시 자전거에 싣고 Thuan 아저씨 집까지 3km의 마지막 라이딩을 시작했는데, 마지막이란 게 크게 실감 나지는 않았다. 늦은 밤이어서 위험하기도 했고, 여태 며칠간 정신적으로 많이 피폐해져 있는 상태라 빨리 Thuan 아저씨 집에 가서 푹 쉬고 싶은 마음뿐이었다. '제발 3km만, 마지막 3km만 아무 사고 없이, 우리 괴롭히는 사람들 없이 안전하게, 무사히 아저씨 집에 도착하게 해주세요'라고 기도하면서 페달을 밟았고, 다행히 아무 일 없이 Thuan 아저씨 집에 도착했다. Thuan 아저씨는 역시나 우릴 반겨주셨고, 이젠 우리 차지가 된 게스트룸 한편엔 형들이 남기고 간 라면, 빵, 카레 등등 식량이 가득했다. 우선 따뜻한 물로 샤워하면서 긴장을 풀고 라면과 김치로 야식을 즐겼다. 그렇게 눈물 젖은 라면을 국물까지 해치우고, 우리 집에 도착한 것만 같은 여유와 편안함을 느끼면서 잠이 들었다. 여기 도착했으니 이젠 아무 일

없겠지? 근래 며칠 동안 마음고생과 함께 스트레스도 많이 받았는데, 귀국까지 남은 날 동안 있는 물건들이나 잘 지키고 푹 쉬다 가라는 뜻으로 받아들이고 필사적으로, 격렬하게 쉬다가 가자. 수고했다.

+ San Francisco로 가기 전에, 우리 올 때까지 맡아달라고 형들에게 부탁하면서 남기고 간 짐들이 있는데, 아저씨가 형들이 한국으로 가면서 남긴 쓰레기인 줄 알고 다 버리셨다고 한다. 마지막까지 모든 걸 다 비우고 간다. 진짜 무소유다 이젠.

Los Angeles

임시여권 발급하기

(12.07. 작성)

　빵과 커피로 아침을 간단하게 해결하고 제일 급한 여권 처리를 하러 한국 영사관으로 향했다. 자전거를 지겹도록 타서 이젠 좀 걷고 싶었고, 편도 6km 정도 걸어서 대사관에 도착했다. 임시여권 발급에 필요한 서류는 수수료 15달러, 여권 사본, 여권 증명사진 2장, ESTA 확인서, 귀국항공편 E-ticket, 여권 발급신청서, 임시여권 발급사유서, 그리고 여권 정지신청서였는데, 멍청하게 증명사진도 도난당한 카메라 가방 안에 넣어놨는지 아무리 찾아도 안 보여서 결국 대사관 바로 앞 사진관에서 4장에 15불 주고 새로 찍었다. 근데 나름 의미 있다고 생각하는 건, 최근 며칠간의 그 길고 복잡한 상황들과 그 감정들을 이 증명사진 안에 담으면 특별한 기념품이 될 것 같았다. 카메라부터 시작해서 여권, 배터리 등 많은 것들을 잃었지만 이 4×5 크기의 여권 증명사진 안에 그 모든 것들이 담겨 있는 것 같았고, 그 사진의 내 표정 안에는 분노, 좌절, 슬픔, 당황, 억울, 후회, 해탈, 무소유, 체념 등 그간의 감정들이 다 녹아 있는 거나 마찬가지니까 말이다. 조금 아쉬운 건 사진 찍을 때 좀 감정이입을 더 했으면 표정이 더 묵직하고 깊고 자연스럽게 나오지 않았을까 하는 점이다. 4장을 받아서 형이랑 나랑 1장씩 기념품으로 가지고 2장은 여권발급에 썼다. 다행히 서류들도 다 완벽하고 신원조회에도 문제가 없어서 임시여권 발급 접수는 정상적으로 끝났고, 내일 3시 이후로 아무 때나 받으러 오라고 하셨다. (내일은 푹 쉬고 금요일에 바람도 쐴 겸 받으러 갈 생각이다)

……▸ 해외여행을 와서 영사관에 와 보기는 처음인데, 색다른 경험을 하게 해준 San Francisco의 이름 모를 강도에게 감사의 마음을 전한다.

……▸ 영사관에 있는 동안은 한국에 온 듯한 기분이어서 마음이 편했고, 여권 신청 접수가 끝나니 이제야 한숨 돌릴 수 있었다.

여권 신청이 끝난 후 서브웨이에 가서 점심을 먹고, 마트에 들러서 김치, 음료수, 시리얼, 우유, 베이컨, 사과 등등 며칠간 먹을 식량들을 사 왔다. 먼저 간 형들이 쌀, 스파게티면, 고추장, 물엿, 다시마, 고춧가루 등등 생각보다 많이 남겨놔서 사야 하는 게 많지는 않았다. 집으로 돌아와서 쉬다가 아저씨가 저녁도 해주셔서 (소시지 크림파스타+화이트와인) 맛있게 먹고, 오랜만에 아무 일 없이 편안한 마음으로 잠들 수 있었던 평화로운 밤이었다.

운명, 그리고 원치 않는 이별

종교는 없지만 개인적으로 믿는 것이 하나 있다면 '운명'을 믿는다. 모든 일에는 이유가 있고, 결국 그렇게 될 운명이었다는 것이다. San Francisco에 도착하자마자 보조배터리를 잃어버렸고, 마음이 좀 진정되려고 하니 이번엔 생각지도 못한 것으로 나를 크게 흔들어 버렸다. 마음이 정말 아팠다. 처음엔 이 상황이 믿어지지도 않았고 나중엔 분노가 치밀었으며 왜 나한테 이런 일이 일어난 것인지 너무 억울했다. 그런데 거꾸로 생각하면 나한테는 이런 일이 일어나면 안 될 이유도 없다. 내가 아니었더라도 누군가는 그 일을 당했을 것이고, 물론 나의 부주의에 의한 것도 있긴 하겠지만, 결국 나한테 일어날 일이었다고 생각한다. 내 '운명'인 거다. 그렇다면 이 운명이 나한테 일어난 이유가 있을 텐데, 그건 뭘까? 어떤

'결과'와 '미래'가 내 앞에서 기다리고 있을까? 아직 모른다. 다만 긍정적으로 생각해서 '전화위복'이라는 말처럼 좋은 일이 기다리고 있을 것이라는 희망뿐이다. 내년에 당장 취업이 잘 될 수도 있고, 로또에 당첨될 수도 있고 (그럴 일은 없겠지만), 가족들에게 좋은 일이 일어날 수도 있지 않을까 하는 희망.

　며칠 전에 있었던 일은 이미 엎질러진 물이고, 타임머신을 타고 차에서 내리기 직전으로 돌아갈 수 있는 것이 아니라면 아무리 머리 싸매고 후회하고 눈물 흘려봐야 소용없다. 물론 그러지 말란 것은 아니다. 사람이라면 자연스러운 감정의 표출이니까. 다만 그 감정을 이제 어떻게, 얼마나 빨리 추스르고 극복하고, 정신 차려서 내가 이제 해야 할 일이 뭔지, 어디로 가야 하는지 판단하고 '현실의 일부'로 받아들이는 것이 중요하지 않을까 생각한다. 당연히 쉽지는 않겠지만 그게 길어지면 본인한테는 물론이고 내 주변 사람들에게도 피해가 가게 되어 있다. 그리고 그 극복하고자 하는 의지를 가장 잘 도와줄 수 있는 것은 '시간'이다. "시간이 답이다", "시간이 해결해 줄 거다"라는 말이 있듯이, 시간이 지나면서 자연스럽게 감정이 사그라들고 현실을 자각하며 그 상황에 적응하게 되는 게 사람이다. 시간은 누구에게나 주어져 있으니 우리 모두 다 아픔을 이겨낼 가장 좋은 무기를 갖고 있는 셈이다.

또 엊그제 자전거를 타면서 한 생각이 있다. 모든 사람들에게는 각자가 아끼고, 잃기 싫어하는 소중한 존재가 있다. 그게 사람이든지 물건이든지. 그리고 그 소중한 존재와 언젠가는 이별을 해야 할 때가 오게 되어 있다. 내 의사와는 상관없이 말이다. 예를 들자면 내 주변 사람이 (그러면 안 되지만) 갑작스러운 사고로 세상을 떠나게 된 경우일 수도 있고, 사소하게는 아끼는 물건이 고장 나서 못 쓰게 되거나 누군가에 의해 사라지게 된 경우까지도 이에 해당한다. 나는 그냥 이번 일이 그 헤어짐에 대한 준비를 하는 과정이었다고 생각한다. 여태 내가 22년밖에 살지 않았지만, 살아온 날보다 살아갈 날이 더 많고, 나이를 먹어감에 따라 더 힘든 일도 얼마든지 일어날 것이다. 내 의사와는 상관없이. 그래서 이번 일은 그러한 '원치 않는 이별'을 미리 경험해 본 것이고, 그에 따른 감정 컨트롤을 연습하는 정도의 일이 아니었을까.

Los Angeles

New passport!!

일회용 단수여권도 발급받아 보고 참 별 경험을 다 해보
는 것 같다. 일회용 단수여권이라 국제운전면허증처럼 빳빳한
종이에 사진 붙여서 줄줄 알았는데 나름 일반 여권이랑 비슷

했다. 일반 여권이랑 똑같은 색, 똑같은 디자인에 외교부 장관님의 한마디까지. 일회용이긴 하지만 도장 찍는 페이지도 몇 장 있었고, 단지 사진이랑 인적사항 있는 페이지는 타자기로 입력하고 사진 붙여서 코팅한 느낌이었지만 그래도 나름 여권 같긴 하다. 한국으로 귀국하기 위해 꼭 필요하기도 하지만, 귀국 후에 이번 여행을 떠올리기 위한 특별 기념품으로도 손색이 없을 것 같다.

『생각 버리기 연습』. 오늘 코리아타운 안에 있는 알라딘 중고서점에서 산 책 제목이다. 귀국까지 남은 날은 오늘 제외 토, 일, 월 3일. 월요일은 전날이라 없다 쳐도 주말이 통째로 비는데, 주변에 딱히 갈 곳도 없고, 별로 가고 싶은 곳도 없고, 돈도 없고, 하루종일 집에 있으면 심심하기도 해서 형이랑 각자 1권씩 샀다. 형은 소설집, 나는 자기계발 서적. 요즘 힘든 일도 많았고 (지금은 많이 괜찮아졌지만) 이왕 읽을 거면 내면의 성장도 좀 촉진시키고 귀국 전에 여행 마무리도 할 겸 생각을 좀 정리하고 싶어서 에세이나 자기계발 서적을 찾아다녔다. 평소에 책을 많이 읽는 편이 아니라 책을 고르는 데 꽤 오랜 시간이 걸렸고, 마지막 후보 4권 중에서 제일 마음이 끌리는 책이라 이 책을 골랐다. 왠지 모르게 스님이 쓴 책을 읽고 싶어서, 코이케 류노스케라는 일본 도쿄대 스님이 쓰신 책이라는 게 사실 이 책을 고른 제일 큰 이유이기도 하다. 자세한 내용은 책을 읽기 시작해 봐야 알겠지만, 일단 표지나 제목, 목차로부터 오는 느낌은 상당히 유익할 것 같다.

"생각하지 않고 오감으로 느끼면
어지러운 마음이 서서히 사라진다."

코이케 류노스케, 『생각 버리기 연습』, 유윤한 옮김, 21세기북스(2010), 표지

딱 지금의 나한테 어울리는 책이 아닐까. 대학생이 된 이후로 읽은 책이라고는 전공 서적밖에 없었던 것 같은데, 이번 여행을 계기로 자기계발은 물론, 시, 소설, 수필, 에세이 등등 잠시 멀어졌던 '책'이라는 존재와 다시 가까워지는 계기가 되었으면 좋겠다.

Los Angeles

생각 버리기 연습

"하지만 원래 사람은 물건을 소유하게 되면, 무의식적으로든 의식적으로든 그것을 잃고 싶지 않다는 충동을 가지게 된다. 따라서 일부러 버리는 행위가 마음의 훈련법으로 유효하지 않을까 싶다. (중략) 이런 식으로 물건을 버려보면 곧 알게 될 것이다. 이제까지 소유물이 많아지면 마음도 더 편해지리라 믿었던 게 완전히 틀렸다는 것을. 사실은 소유물을 줄이면 오히려 마음이 안정되고 마음속을 들여다보기가 더 쉬워진다는 것을" p.164

코이케 류노스케, 『생각 버리기 연습』, 유윤한 옮김, 21세기북스(2010), p164

Los Angeles

일기 안 씀

Los Angeles

마지막 일기

이날이 오기는 왔다. 출국하기 전에도, 미국 오는 비행기 안에서도, 미국에 도착하고 70일 남짓 동안 자전거를 타면서도 '한국 가는 날이 올까…?' 생각하면서 LA 공항에서 마산 집까지 가는 길을 수도 없이 이미지 트레이닝 했는데, 내일 아침부터는 드디어 현실이 된다.

'미국 자전거 횡단'이라는 게 솔직히 쉽지는 않았다. 미 대륙이라는 말처럼 미국은 상상 이상으로 거대했다. 그 덕에 매일 80~100km씩 앞만 보고 달려야 했고, 길을 잃고 산속에 갇힌 적도 있으며 큰 트럭들이 쌩쌩 달리는 고속도로에서도 위험하게 탔었다. 그게 그 날의 목적지로 가기 위한 하나뿐인 길이었으니까. 자전거에 타고 있으면 옆을 지나가는 차들이 그렇게 부러울 수가 없었고, 밤하늘에 별똥별 같이 지나가는 비행기들을 보면서 소원을 빌고는 했다. 나도 빨리 비행기 타게 해달라고.

한 번은 자전거 타다가 울컥 한 적도 있다. 몇 년 전에는 단순히 머릿속으로 상상만 하던 여행이었고, 미국 오는 비행기를 타기 전날까지만 해도 내가 진짜 꿈만 꾸던 것을 실제로 하고 있을 줄, 할 수 있을 줄 몰랐다. 그런데 내가 그 무거운 짐들을 싣고, 땀 뻘뻘 흘리며 1km, 2km씩 LA를 향해 나아가고 있다는 게 순간적으로 정말 신기했고 행복했다. 내가 진심으로 하고 싶었던 것을, 막연한 꿈이었던 여행을 지금 실제로 하고 있으니까. 그래서 한편으론 할만했던 것 같기도 하다.

길게는 이틀, 3일 앞의 숙소까지 정해진 적도 있었지만, 대부분은 당일에 자전거 타다가, 쉬다가, 밥 먹으면서 되는대로 문자 보내가며 겨우 구했던 잠자리였고 베이스캠프였으며 그게 우리의 집이었다. 그마저 못 구했던 날에는 하는 수 없이 동네 들판, 경찰서, 캠핑장에서 텐트를 치고 잘 수밖에 없었다. 그런데도 2달이 넘는 시간 동안 꾸준히 페달을 밟을 수 있었던 건 일종의 책임감 때문이었던 것 같다. 오로지 내 의지로, 정말 하고 싶어서 일주일에 7일 동안 알바 3개를 동시에 하면서 돈을 벌었고, 한 푼이라도 협찬을 받기 위해 100곳 가까이 이메일을 보냈다. 하지만 힘들다는 이유만으로 포기하고 돌아간다면 그 노력들이 전부 부질없었던 일들이 되는 것이었고, 나약한 사람이 되어 평생 후회할 것만 같았다. 그래서 매일매일 이 악물고 버텼고, 그 하루하루가 모여 일주일이 되고, 1달이 되고, 3달이 되어서 결국 여기까지 올 수 있었던 것 같다.

'주머니는 가볍게, 마음은 풍족하게' 딱 지금 상태인 것 같다. 다행히 자전거를 도둑맞지는 않아서 그대로 갖고 가긴 하지만, 가방은 정말 많이 비었다. 안 쓰는 짐을 Atlanta에서 한국으로 한 박스 보내기도 했고, Thuan 아저씨 집에 잠깐 맡긴 짐들도 LA 어딘가의 쓰레기장으로 갔으며, 무엇보다 San Francisco에서는 카메라와 그 안에 있는 2,000장이 넘는 추억들과도 이별하게 되었다. 미국에 올 때는 우체국 6호 박스가 거의 터질 듯이 꽉꽉 채워왔는데, 갈 때는 페니어 백하나에 다 들어갈 정도로 짐이 많이 줄었다. 하지만 엊그제 읽은 책의 구절처럼, 소유물이 줄어드니 오히려 마음이 안정되고, 마음속을 들여다보기가 더 쉬워진 것 같기도 하다. 도둑맞은 그 일에 대해 수도 없이 생각하고 고뇌하면서 정말 괴로웠고 후회스러웠지만, 그 과정에서 내 마음속을 들여다보며 내가 어떤 사람인지부터 이 일을 어떻게 받아들여야 마음의 상처가 조금이라도 빨리 아물지 끊임없이 고민했다. 이는 결국 내적으로도 성장하는 계기가 되었고, 마음만은 풍족하게 꽉꽉 채워서 한국으로 돌아가는 것 같다.

며칠 뒤면, 아니 몇 시간 뒤면 한국에 도착할 테고, 일주일 정도 쉰 후엔 계절학기를 시작으로 본격적인 복학생 생활에 접어들 텐데, 약간은 설렌다. 그동안 학교 앞 술집 골목은 어떻게 바뀌었을지, 친구들은 어떻게 살고 있는지, 우리 과 학회실이랑 동아리방은 어떨지. 사람의 욕심은 끝이 없다는 말처럼 1년 더 휴학하라면 할 수는 있을 것 같지만, 올해만 해도 충분히 알차게 보냈고, 이제는 일상으로 돌아가야 할 때가 된 것 같다. 복학해서 1년만 공부 열심히 하고 취업 잘하자. 이게 다음 버킷리스트다. 그다음에, 진짜 하고 싶은 게 생기면 그때 하자.

그동안 정말로, 정말로 수고했다. 초등학생 때도 일기장 1권을 다 썼던 적은 없었던 것 같은데, 매일매일 피곤한데도 꼬박꼬박 일기 쓰느라 고생 많았다. 한국에서 이 일기를 다시 읽으면 어떤 기분일까? 중·고등학생 때 듣던 노래를 지금 듣거나 옛날에 쓰던 향수 냄새를 다시 맡으면 과거의 기억이 되살아나는 프루스트 현상처럼, 미국에서의 장면이 눈앞에 그려지면서 당시의 감정과 주변의 소리, 공기의 냄새가 느껴질 것만 같다.

⋯→ 귀국 전 LA 공항에서. 지금 다시 사진을 보니 표정이 왠지 모르게 아련해 보인다.

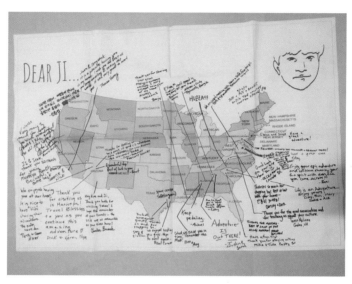

⋯⋯ 이번 여행에서 가장 많이 신세를 졌던 Warmshowers 호스트분들. 하나같이 다들 정말 친절했고 가족처럼 대해주셨다. 그리고 그 응원의 손글씨들이 모여 어디서도 살 수 없는 최고의 기념품이 되었다. 어쩌면 2,000장의 사진들보다 더욱 값질 수도. 이 글이 미국까지 닿을 수 있을지는 모르겠지만, 도움을 주신 모든 호스트분께 이 책을 빌려 다시 한번 감사의 인사를 전한다.

코로나바이러스 감염 사례가 처음 발견되었던 2019년 말, 이렇게까지 오랫동안 우리들을 힘들게 괴롭히는 바이러스인 줄 누가 알았을까. 그때만 해도 내가 중학생, 대학생이었을 때 각각 유행했던 신종플루, 메르스처럼 잠깐 '반짝' 하고 금방 잊혀질 존재일 줄만 알았다. 하지만 그 '잠깐'은 2년 넘게 지속되어 마스크를 안 쓰면 어색하고 주변 눈치를 보게 되는 세상이 되었고, 해외여행은 더 이상 일상이 아닌 일탈이 된 것만 같다. 그래서 요즘 같은 시국에는 상상도 못 할 여행이라 더 기억에 남고 더 그리워지는 것 같다. 긍정적으로 생각하자면 코로나라는 세계사에 기록될 만한 전염병이 터지기 전에 버킷리스트 중 하나인 여행을 성공적으로 끝마쳤다는 것도 운이 좋은 것 같기도 하다. 만약에 미국을 열심히 자전거로 건너고 있는 와중에 코로나가 터졌다면 Warmshowers는 상상도 못 할 것이고 횡단을 끝마치지 못했을 수도 있다. 이제 조금씩 소중한 일상이 돌아오고 있는데, 코로나 이전처럼 자유롭게 비행기를 타고 주말마다, 휴가 때마다 해외여행을 다녀오는 날이 하루빨리 왔으면 좋겠다.

이 여행을 성공적으로 마칠 수 있었던 것은 무엇보다 3달 동안 붙어 다니며 같이 고생했던 동석이 형 덕분이다. 형 없이 나 혼자서는 절대 못 할 여행이었다. 어떨 때는 형으로서 동생인 나를 이끌고 챙겨줘서 많이 의지할 수 있었고, 가끔은 친구처럼 장난도 치며 웃을 수 있어서 먼 타지의 길바닥에서 생활하며 외롭거나 심심했던 적이 없었다. 캐리어 끌고 가볍게 3박 4일 놀러 가는 여행도 아니고 3달 동안 사서 고생할 게 뻔한 여행을 같이 갈 사람이 주변에 있다는 점뿐만 아니라 그 사람과 마음까지 잘 맞을 확률이 얼마나 될까. 어떤 여행을 통해 정말 소중한 사람 1명과, 그리고 그 사람과 하루종일 웃고 떠들 수 있을 만큼의 추억을 얻었다면 그 여행은 충분히 성공적인 여행이었다고 생각한다.

그때, 그 나이 아니면 못 했던 여행이자 도전이었고, 지금 다시 하라고 하면 못 할 것 같다. 그래도 내 인생에 있어서 손에 꼽을 만큼 중요하고 소중한 경험이었고, 그만큼 배운 점도 많으며 가장 기억에 남고 그리운, 그리고 '하길 잘했다'라는 생각이 드는 여행이다. 무엇보다 나 자신에 대해서 다시 보게 된 여행이다. 나는 생각보다 약하지 않았고 생각보다 강했으며, 어떤 어려운 상황을 마주해도 이겨내고 극복할 수 있다는 자신감이 생겼다. 그리고 국방의 의무가 국민의 4대 의무 중 하나인 대한민국이라는 나라에서 사회생활을 하다 보면 군대를 다녀오지 않은 남자라는 사실이 조금은 부끄럽기도 하고 다른 사람에게 좋지 않은 첫인상을 줄 수 있지만, 이 도전과 경험이 나로 하여금 조금이나마 좋은, 멋있는, 바른 사람으로 보이게 해주는 좋은 의미로서의 '색안경'이 되어줬으면 좋겠다.

만약 큰 도전을 앞두고 내가 할 수 있을지 망설이며 고민하고 있는 누군가가 나에게 조언을 구한다면 나는 이 말만 해주고 싶다. "너는 네가 생각하는 너보다 강해. 그러니 너를 믿고 일단 부딪쳐 봐"

긴 시간이 흘러 내가 죽고 나라는 사람은 기억에서 사라지더라도, 이 책만큼은 누구보다 열정적이었던 22살의 정지원을 기록하며 우주 어딘가에 영원히 남아 있기를 바라며.

감사합니다.

일단
부딪치면
된다니까!

초판 1쇄 발행 2022. 12. 15.

지은이 정지원
펴낸이 김병호
펴낸곳 주식회사 바른북스

편집진행 김주영
디자인 양헌경

등록 2019년 4월 3일 제2019-000040호
주소 서울시 성동구 연무장5길 9-16, 301호 (성수동2가, 블루스톤타워)
대표전화 070-7857-9719 | **경영지원** 02-3409-9719 | **팩스** 070-7610-9820

•바른북스는 여러분의 다양한 아이디어와 원고 투고를 설레는 마음으로 기다리고 있습니다.

이메일 barunbooks21@naver.com | **원고투고** barunbooks21@naver.com
홈페이지 www.barunbooks.com | **공식 블로그** blog.naver.com/barunbooks7
공식 포스트 post.naver.com/barunbooks7 | **페이스북** facebook.com/barunbooks7

ⓒ 정지원, 2022
ISBN 979-11-6545-952-9 03810

•파본이나 잘못된 책은 구입하신 곳에서 교환해드립니다.
•이 책은 저작권법에 따라 보호를 받는 저작물이므로 무단전재 및 복제를 금지하며,
 이 책 내용의 전부 및 일부를 이용하려면 반드시 저작권자와 도서출판 바른북스의 서면동의를 받아야 합니다.